講談社文庫

大江戸妖怪かわら版⑤

雀、大浪花《おおなにわ》に行く

香月日輪

講談社

目次

大江戸妖怪かわら版⑤

雀、大浪花に行く

処暑《しょしょ》の爽《さわ》やかに晴れ上がった青空の下、町中に張り巡らされた水路から立ち上るぬるい水の匂いを切り裂いて、荷物を満載した帆掛け船や猪牙船《ちょきぶね》が行き交う。米俵を積み上げた船は賑々しく、北からの昆布《こんぶ》や塩魚を遠路はるばる運んできた船は誇らしげに、水の都に乗り込んできた。

その船の船頭も人足も、一ツ目や鬼面《おにづら》の奇々怪々な面々ばかり。水路を渡る橋の上を行き交う者たちも、獣面《けものづら》や虫面の化《ば》け物揃《ものぞろ》い。そして、処暑の青空を透き通る七色の身体《からだ》をした巨大な鳥が、優雅に羽ばたいてゆく。でも、ここではそれが普通。

魔都――、大浪花《おおなにわ》。

昼空を鳳凰《ほうおう》が飛び、夜空を火車が駆け、大和川《やまと》には化け蜆《しじみ》、生駒山《いこまやま》には大猪《おおいのしし》、大浪花城には尻尾《しっぽ》が幾重にも裂けた化け猫〝大猫又《おおねこまた》〟が棲む、妖怪都市である。

とはいえ、世は長らくの天下泰平。鬼面でも虫化けでも、大浪花っ子は食べることが大好きで、あちこちから集まってくる食材目当てに、今日もせっせと飯処《めしどころ》に出掛けてゆく。

＊

「二百十日も過ぎたなぁ〜。そろそろ野分《のわけ》の季節やな」

仕事の手を休めた船頭たちが、沖を見ながら煙草《たばこ》を吹かしていた。煙草の煙が海風に乗って長々と流れてゆく。

「そういや、去年は雷馬《らいば》が来んかったんや。今年はどうなんかなぁ？」

「ああ？　あんなもん来んでもええわ」

「なんで？　ごっつい見物やん。風物詩やん」

「アホか！」

一ツ目の船頭は、後輩の犬頭をバチンとはたいた。

「キャン！」

「あれは沖を通るから見物やけど、あれが沖を通るのは、そこに通り道があるからとちゃうんやで。偶然そこを通ってるだけなんや。もしあれが陸に来てみイ。どえらい騒ぎになるやろが」

「そんなこと、雷馬もせぇへんのちゃう～？」

そう言った犬頭は、またバチンとはたかれた。

「キャン！」

「雷馬にはなぁ、わしらみたいな〝考え〟とかないんや！　あれは本能にボーッと従って動いてるだけなんや！」

「えっ、そうなん!?」

「あれがなんか〝考え〟るんは、子育てしてる時だけっちゅー話やで。その時以外は、ただぐるぐる動き回ってるだけらしいわ。行く先になんかあってもお構《かま》いなしや」

「ハタ迷惑なやっちゃなー」

二人は揃って、煙草の煙をぶはーっと吐いた。

「そもそも、雷馬がどっから来んのかもわからんねん。わしらじゃ、話も通じん。どっか他所《よそ》の生きもんらしいで。そんなもんは、来ん方がええねん」

船頭が睨む大浪花の海。

夏の終わった海の青色は、もう深い秋色をしていた。

二百十日過ぎゆきて

「大浪花かぁ〜。いっぺん行ってみてぇな」

大江戸《おおえど》は「大首《おおくび》のかわら版屋」の記者雀《すずめ》は、昼飯に出てきた練り天を見て、ふとそう言った。まだほんの少年のようだが、これでも腕っこきの「かわら版屋」である。

雀は練り天にかぶりつき、その甘い旨味を口の中で転がした。練り天は大浪花発祥の天ぷら。今ではすっかり大江戸っ子の好物になった。

「なんか、食い物が美味《うま》そうじゃん、大浪花って？」

「大首のかわら版屋」の向かいにあるめし処「うさ屋」。今日の昼定食は、鰻《うなぎ》と浅蜊《あさり》と葱《ねぎ》の旨煮。まだ暑さの残るこの時期の、夏バテ予防にピッタリの一品だった。小鉢には、練り天と菜っ葉の和え物。薩摩芋《さつまいも》の味噌《みそ》汁。茄子《なす》の漬け物。

「確かに、大浪花は食文化が発達したところっていうねぇ。大浪花の人たちは食べることが大好きで、だから日本中から食材を集めてるんだって」

頷《うなず》くのは雀の同僚、銀色猫のポー。文芸担当。美しい銀の毛に緑の瞳。二足歩行の足元には黒革のブーツ、チェックのハンチング帽とチョッキの出で立ちは、「外地」からの「渡来人《とらいじん》」である証《あかし》である。もっとも、そういう意味では雀とて「外地から来た者」に変わりはないのだが。

大浪花と同じく、異形《いぎょう》の者たちの暮らす大江戸にあって、雀はただ一人の「ただの人間」。ある日ある時、この世界に「異界より落ち来た者」である。

元の世界に戻るより、異形に混じってこの世界で生きてゆくことを選んだ雀は、元の世界ではできなかった「愛すること」「信じること」を、泣いたり笑ったりしながら経験してきた。そして季節はまた巡り、雀にとって三度目の秋がやってきた。

「俺の元いた世界でもさぁ、大浪花ってか、大阪って食い物が美味いとこだったんだ。いや、俺は行ったことないけど。たこ焼きとか〜、お好み焼きとか〜。大浪花にもあんのかなぁ？」

「たこ焼きって、蛸《たこ》を焼いたものかい？　それは大江戸にもあるだろ？」

「ちっげーよ。たこ焼きってのはぁ、丸くてぇ……、あれ、何でできてんだろ？　パン粉？」

雀は首を捻った。元いた世界では、たこ焼きがいったい何から出来ているのかなど、ついぞ考えたことがない雀だった。

「そうそう。これからの季節、大浪花には面白い風物詩があるんだよ」

ポーは、食後のパイプに火を入れる。

「秋と言えば？　雀？」

問われて、雀はまた首を捻る。

「秋……食い物が美味い。新米、鮭《さけ》、栗……」

「食べ物は置いといて」

ポーは苦笑いした。

「………台風⁉」

「当た～り～。ドンドン♪」

「台風なら大江戸にも来るぞ？」

「普通の台風なら大浪花にも来る」

「普通じゃない台風があんの？」

雀は箸を止めた。ポーは頷いた。

「雷馬というモノがいてね」

「らいば……」

「雷の馬と書くんだよ」

「それは何？　台風ってこと？」

「よくわからないんだけどね、とにかく雷馬っていうのは、嵐を纏《まと》っているモノなのさ」

「嵐を纏っている……」

雷馬は、そのとてつもなく巨大な身体《からだ》中に雷雲を纏っている。雲のまにまに見え隠れする姿はどうやら人型の女のようで、しかし、下半身は百をゆうに超えるような数の触手を生やしている。長い髪も触手のように見える。

「……ちょっと気持ち悪いんですけど？」

雷馬の姿を想像して、雀は目を剝《む》いた。

「うん。かなりおぞましい姿だよねぇ。でも、もはやそれは怪物というよりは……神獣《しんじゅう》といった方がふさわしいかもね」

「神獣か」

毎年秋になると、雷馬はどこからともなく現れ、大浪花沖を南から北へ通過する。陸からはるか離れてはいるものの、稲妻をピカピカと放ち、水煙《みずけむり》を上げながらゆっくりと海をかき分け進む様は壮観で、大浪花っ子たちはこぞって海縁《うみべり》から眺めるのだった。

雷馬が立てる波が高波となって大浪花へ寄せてくるが、大浪花城から大魚使いの海上警備が出て、それを食い止める。大浪花っ子たちは、それを見るのも楽しみだった。

雷馬は、大浪花を通過したあたりで、またどこへともなく消えてしまうという。大浪花沖以外で、雷馬が出現したという話はない。

「雷馬には、意志のようなものがないらしいんだ。ただやって来ては去るだけ。本当に嵐のようなんだ。巨大な力が形をとって現れる……まさに神のようじゃないか」

ポーは目を細めて煙を吐いた。

「見てぇなぁー、雷馬！」

「ところが、去年はどうしたことか現れなかったんだ」

「なんでかわかんねぇの？」

「うん。まぁ、大浪花城としては、その方が楽でいいんだろうけど。雷馬が現れなかったことは、過去にもあったらしいしね」

そこへ暖簾《のれん》をくぐり、桜丸《さくらまる》がやって来た。

「あっ、桜丸！」

雀が手を振る。

「お、お前《め》ぇらも昼飯かァ」

「お先」

桜丸は、雀より少し上くらいの人型の若者。赤い長い髪に白い肌。その名のように白地に桜柄の着物を纏った、華やかな美丈夫《びじょうふ》である。しかし、女のように美しく見えても、その身体《からだ》に刻まれた入れ墨は「魔人《まじん》」の証。

鬼道《きどう》、すなわち妖術の使い手である魔人は、時に恐れられ、時に敬われ、大江戸城の要職に就いているかと思えば、町中をただふらついているだけの不思議な存在である。桜丸も、「風の桜丸」の二つ名の通り、跳ねるように空を飛ぶ魔力の他、さまざまな鬼道を使える。

とはいえ、雀にとってはただの良き兄貴分。一緒に遊んだり、取材を手伝ってもらったり、雀にとっては桜丸も、大江戸の生活になくてはならぬ存在だった。

「お節《せつ》、飯はいい。冷やと肴《さかな》だ」

「アーイ」

桜丸は、いつものように昼酒をやる気だ。

「昼間っから酒とは、いい身分だねぇ」

「昼定食、メッチャ美味《うめ》ぇのに〜」

ポーと雀の嫌みを、桜丸はふふんと受け流す。桜丸がふだんどういう暮らしをしているのか、雀もポーも詮索はしない。

「お待ちどぉ〜。冷やと、蛸と蓮根《れんこん》の酢の物で〜す」

「うさ屋」の看板娘、一ツ目のお節が酒と肴を持ってきた。

出汁《だし》でしっかりと下味の付いた蛸と蓮根。その酸味と食感を楽しみながら、冷やをキュッとやる。

「いやいやいや、胃が喜ぶ巻きの千住鮒《せんじゅふな》ってなもンだね」

上機嫌の桜丸に負けじと、雀も残った旨煮の汁を三杯目の飯の上にぶっかけて掻《か》き込んだ。これがまた美味い。

ポーが紫煙を吐いた。

「夏も終わっちゃったねぇ」

「そうそう、桜丸。さっき、雷馬のことを話してたんだ」

「アア。大浪花の秋の風物詩だなぁ」

「雷馬って何？」

雀の問いに、桜丸は酒を呑《の》みながら首を振った。

「わかんねぇな。この世界のモンじゃねぇし」

「この世界のモンじゃない……」

「どんなわけだか知らねぇが、アレの存在が、一時《いっとき》この世界と重なるみてぇだな」

「存在が世界と重なる……」

雀は首を捻り通しだ。

「君は、それはなぜだと推測するね？」

「アレの世界の磁場とかの問題か、アレの生理の問題だろうよ」

「ああ、そうかもねぇ。うん」

桜丸とポーは頷き合っているが、雀にはやはりさっぱりわからない。

わからないことはうっちゃっておいて、雀は自分のわかる話をした。

「今年は来るかなぁ、雷馬？　来るんだったら見てぇなぁ～。取材旅行とかできねぇかな？」

と、目玉をくりっとさせてみたが、ポーは煙を吐きながら笑った。

「来るとしてもいつ来るかわからないし、それを見越して大浪花まで出張……は、無理だろうねぇ～。少なくとも、十日は超える長旅になりそうだろう？　親方が許可するわけないよ」

「大浪花の見聞録ってことにしてもダメかなぁ？」

「微妙だネー。費用がかかりすぎるかも……」

「そいつぁ、大問題」

桜丸がひひひと笑った。

「あー、そうかあ……」

雀の頭には、吝虫《しわむし》として名高い大首の親方が、そのでかい顔を盛大に顰《しか》める様が浮かんだ。二、三日の取材旅行ならなんとか許可してくれるが、十日以上ともなると、交通費に宿泊費、食費もどんと嵩《かさ》む。それを回収し、なおかつ儲けが出るかわら版になるかどうか。もちろん、雀は自信があるが、それを判断するのは親方である。吝虫の。

「でもまぁ……。言うだけ言ってみよう」

と、雀は決心した。

雀がこの異世界に落ちてきて、年が明ければ丸三年がたつ。しかし雀には、まだまだ知らないこと、知らない場所がたくさんある。長旅もしたことがない。地理も交通手段も違うこの世界で、旅というものは、雀にとってまたとびきり変わった経験だった。天空人魚に抱かれて空を飛んで行くなど、元の世界では想像もできなかったこと。しかもその先には、また想像もできない別の世界があるのだ。自分の想像も及ばないことを思う時、雀の胸は高鳴る。

「大浪花も、俺が知ってる大阪とずいぶん違うんだろうなぁ。その海を、でっけえ神獣が通る……。あ〜、見てぇ〜」

雀はその気持ちを、大首の親方に伝えた。

案の定、親方は目を閉じ、壁一面の巨大な赤い顔をギュウッと顰めたまま黙ってしまった。ポーがくすくすと笑った。

「おつむの中で、いろいろと計算しているようだよ。費用と儲けが天秤《てんびん》の上で、上がったり下がったりしているのが見えるようだねぇ」

「あのさぁ、ポー。大江戸から大浪花へは、どうやって行くんだ？」

「そりゃあ、いろいろだね」

ポーは紙に書いて説明してくれた。

「貧乏で特に能力もない者たちは、歩いて行くしかない」

「歩いてかぁ〜。そうだよなぁ〜。新幹線とかあるわけないもんなぁ」

「大浪花まで、だいたい二週間ぐらいかな」

「えっ、そんなにかかんの？　えっ……その間、食い物とかどうすんの？　全部持って行くのか？」

「宿場町があるだろ」

「あっ、ああ、そうか。ハハ」

雀は頭を掻いた。

大江戸と大浪花の間には、五十三の宿場町がある。旅籠《はたご》を中心とした、それぞれが自治を行う小国家である。特産物や名勝を有した、規模の大きな町もある。

「あとは、早駕籠《かご》に乗る、早馬に乗る行き方。あ、定期便の馬車も出てるね」

脚力に「力」のある者たちが担ぐ早駕籠に乗れば、大浪花まで一週間。魔馬《ぎば》なら三日。

「ただし、これには乗る方もそれ相応の体力がいるのさ。特に魔馬なんて、ボクや雀じゃ、到底乗りこなせないよ」

「なるほど〜」

早駕籠の担ぎ手や化け馬が出す速力に、雀のような「力」のない者の身体《からだ》は長く耐えられないのだろう。ただの駕籠や馬に乗るのでさえ体力はいるのだ。

「定期便の乗り合い馬車なら、十日ってとこかな。それから、船ね。普通の渡し船は別にして、長旅をする客用の早船っていうのがあって、これがだいたい二日から五日ぐらい」

「早ぇ～」

「早船は魚妖《ぎょよう》が運ぶからね」

ポーがそう言うと、大首のかわら版屋の絵師、真っ白白のキュー太が、さらさらと絵を描いた。巨大な魚が船を運んでいる様子だった。

「船によったら、大蛸や大蛟《おおみずち》が運ぶものもあるよ」

「うわー、面白《おもしれ》ぇ、これ！」

雀は、キュー太の描いた絵を見て大喜び。

「ただし、上等の早船は旅籠を兼ねているからお高くつくンだ」

「…………あー」

「お高くつくといえば、空駕籠が一番かね。これだと半日で行ける」

「空駕籠かぁ」

でん、でんと太鼓《たいこ》を鳴らしながら、大江戸の空を優雅に横切る輿《こし》や乗り物をよく見かける。空を飛ぶ者は身分の差なく存在するが、身分によっては飛んではならない飛行区域がある。身分の高い者が乗る「輿」「乗り物」の他、金さえ出せば誰でも乗れる「空駕籠」がある。

「いっぺん乗ってみてぇけど、これでどこへ行きたいとかは思わねぇなぁ」

「そーそー。空駕籠なんて、成金のイヤミ金山だよ」

親方の手下ども（どこからどう見ても、醤油《しょうゆ》で煮た煮卵《にたまご》）が、雀たちにお茶を運んできた。この手下どもは、親方の髭《ひげ》の手入れから、客人の世話、厠《かわや》の掃除まで、大首のかわら版屋の一切合財の面倒をみている。

お茶をすすって、雀は溜息をついた。

「はぁ～、思った以上に大旅行だぁ。もし俺が行くとしたら、歩くか、いいとこ乗り合い馬車かぁ。そいでも片道だけで、たっぷり十日はかかっちまうなぁ」

「大江戸城の上魔《じょうま》の方々は、一瞬でどこへでも行ける〝扉〟を持ってると聞くけどね」

「あ、それ知ってる！　鬼火《おにび》の旦那も持ってる！」

雀がこの世界へ来たその時から、雀を導き、見守っている鬼火の旦那。黒眼鏡をかけた、ざんばらの髪の背の高い人型の男。鬼火柄の着流しの袷《あわせ》から、チラリと「入れ墨」が見える。旦那は相当上級の魔人らしいが、未《いま》だにその正体は不明だ。どうやら大江戸城に顔が利《き》くようなのだが、いつもは桜丸と同じく町中をふらふらしている。黒眼鏡をかけているのは、眼を隠すためらしい。眼や顔を隠す、というのも、この世界では何か深い意味があるようだ。

「俺、旦那の山の上の庵《いおり》から神田の庵へ、保坂《ほさか》の家から神田の庵へ、一瞬で行ったことがあるんだ。出入り口から出入り口へとか、壁に描いた扉を別の場所へ繋げるとか……。ほんっと、『どこでもドア』だよなぁ〜」

「面白いネーミングだね」

「でもさぁ、大江戸から大浪花へなんかは、一瞬で行ったらつまんないよな」

と、笑う雀に、ポーも微笑んだ。

「その通りだネ」

魔人が使う特別な扉でなくとも、この世界には、雀でもくぐれる「別空間への扉」がいくつもある。この世界の住人たちにとって、空間を移動するということは特殊《とくしゅ》なことではなかった。

*

「それで？　大首の親方は大浪花行きを許してくれたのかぇ？」

「ダ〜メだった」

雀が大袈裟に肩をすくめると、雪消《ゆきげ》は大笑いした。

「ははははは！」

大江戸三大座の筆頭、日吉《ひよし》座の劇場の天井裏。そこに作られた座敷牢という結界に、日吉座の座長《ざちょう》菊五郎《きくごろう》の娘《むすめ》、雪消が封じられている。

人喰いという性《さが》を背負いながら、この小さな空間でおだやかに暮らし、脚本家として日吉座を裏から支えている雪消。雀はよくこの封印された娘のもとを訪れ、茶菓子など食べながら他愛《たあい》ない話をした。

日吉座では、夏公演最後の芝居がかかっていた。人気の定番「怨霊《おんりょう》もの」である。妖怪や化け物どもが怨霊ものを面白がるとはこれ如何《いか》にと言いたい雀だが、妖怪や化け物どもといえど、怨霊は恐ろしいらしい。

当代随一と言われる美形女形蘭秋《おやまらんしゅう》が、その美しい顔《かんばせ》を血に染めて、青い闇の中におどろおどろと浮かび上がると、客席につめかけた鬼面、獣面、目玉妖《めだまよう》、虫化けどもから「ぎゃーっ」と悲鳴が上がる。雀はそれが可笑《おか》しくて、怪談なのに腹を抱えて笑ってしまう。

怨霊と化した蘭秋は、自分を殺した輩どもを呪い殺し、藤十郎《とうじゅうろう》扮する恋人を冥界へ連れてゆこうと襲いかかってくる。

「お前はもう死んだのだよ。どうかあの世へ行っておくれ」

と、怨霊退散のお札を握りしめて懇願する藤十郎の周りを、長い髪を振り乱し、血みどろの蘭秋が、形相も凄まじくぐるぐると廻る。その鬼気迫る演技と演出に、観客たちは震え上がるのだった。

物語の最後は、舞台がいきなり真っ暗になった直後、どかんと物凄い音が轟《とどろ》き、客たちはそれこそ飛び上がって驚く。その後、ぼんやりと明かりの灯《とも》された舞台には藤十郎の姿はなく、代わりに大量の血が禍々《まがまが》しく撒かれているのだった。客席が息を呑む。女客の悲鳴が、さらに客たちの肝を冷やしたりした。

幕が静かに引かれ、客席が明るくなって、漸《ようや》くほっと胸を撫で下ろす観客たち。

そこへ蘭秋はじめ役者たちが笑顔で現れると、場内は割れんばかりの拍手と歓声に包まれるのだった。

「イヤサ、もゥ。寿命が縮んだよぅ」

「アア、何度見ても怖いし面白い。日吉の怨霊ものは天下一品だねぇ」

「夏はこれを観て涼むのが一番さネ」

劇場から出てくる客たちは皆、冷や汗をかきつつ笑顔だった。

「面白《おもしれ》ぇよなー、蘭秋と藤十郎さんの怨念もの。怖いやら可笑しいやら、俺はみんなの何倍も楽しいよ」

「別世界から来たおまぃには、この世界がどう見えるのか、いつも興味深いヨ」

雪消は煙管《キセル》を吹かしながら雀を見る。

それから雪消はしばらく何やら考え込み、やがて灰吹きの縁《ふち》で煙管をこんと叩《たた》いて言った。

「一つ提案があるのだが、雀」

「何？」

「おまィが本当に大浪花に行きたいのなら、わっしが金を出すというのはどうだろう？」

「えっ？」

突然の申し出に、雀は言葉を呑んだ。

「こう見えても、わっしはなかなかの金持ちだぞ。ま、こんな身では金の使い道がないゆえ貯まっているというだけなのだが、おまィが大浪花の見聞録を書くためなら惜しくない。それはきっと、わっしの創作意欲をも刺激してくれようからな」

雪消はそう言って、黒いつぶらな瞳を細めた。

「いや……でもっ」

雀は思わず首を振る。

「往復だけで二十日はかかる大旅行だぜ!?」

「そらそら。その交通費だけでもわっしが出すと言うたら、大首の親方の顰め面も、ちっとは緩むと思わんか？」

「……」

雀は腕を組み、ふむぅと唸った。

「……そうかも」

「だろう？」

雪消がにやりと笑う。

「でもでも。それでも大金だぜぇ？」

「大江戸三座筆頭をお舐めでないよ、雀？」

雪消は口許を不敵に歪ませると、白い包みを雀に差し出した。

「じゅっ……十両!?」

一両あれば十五日は旅ができると聞いた雀は、仰天した。

「これで一等速い早船にお乗り、雀。二日で大浪花に行ける。それから、ポーか桜丸に付いていって貰うんだ。おまィ一人では無理だよ」

「雪消さん……」

雪消は、またにやりと笑った。

「十両束を見せられちゃあ、さしもの吝虫も、うんと言わざぁなるめえ？」

雀は、十両束を手に取った。ずっしりと重かった。

「わっしの分も、とくと大浪花を見物しておいで。それで、あまさず見聞録に書くのだよ」

雀は、大きく頷いた。

「ありがとう、雪消さん。これ見せて、もっぺん親方に頼んでみるよ！」

雪消も大きく頷いた。


雪消が言った通り、十両束とともに雪消の勇み肌を見せられた大首の親方は、渋々ながら雀の大浪花行きを許した。

「なんとも俠仕立《きゃん》てじゃないか、雪消さんってば！」

ポーは膝を打って唸った。キュー太は、『いいナア、旅行〜』という科白《せりふ》を吐いた（キュー太は、言葉が書かれた紙を口から吐いてしゃべる）。

「そいでさぁ、ポー。雪消さんは、ポーか桜丸と一緒に行けって言ったんだけど」

「ボクが行きたいのは山々だけど、社員が二人も抜けるのはマズイし、お伴《とも》は桜丸の方が何かと心強いだろ。いろいろ教えて貰えるし、ボディガードにもなるし」

「……そうだな。へへ」

的場で遊んでいた桜丸に話をすると、喜んで雀に同行してくれることになった。あとは、いつ出発するかだった。雷馬が来るなら、雀はそれに合わせたかった。大江戸にあって、大浪花の情報をいち早く知るには……。

「やっぱりここは、鬼火の旦那に頼るしかないねぇ」

ポーの意見に、雀も頷いた。


雀は、神田にある庵に鬼火の旦那を訪ねてみた。桜丸同様、しょっちゅうどこかをふらついている旦那だからここに居るとは限らないが、居るとしたらこの神田の庵か、「うさ屋」の二階か……あとはそこらの茶屋に引っ張り込まれているかだ。茶屋の女たちに見つかったが最後、旦那がその前を素通りすることを女たちは許さない。髪を振り乱す勢いで旦那の身体《からだ》に爪を食い込ませ、歯を立てんばかりに引き留める。その様子は、藤十郎に襲い掛かる怨霊蘭秋の如《ごと》しである。

「モテる奴はモテる奴で大変……。旦那～、いるかい～？」

雀は戸を開けて、中に顔を突っ込んでみた。

廊下の向こうから、お多福《たふく》の面を付けた者がひょこっと顔を出した。このお多福面の者と、もう一人ひょっとこ面の者が、鬼火の旦那に常に付き従っている。

「あ、ちわス！　旦那、居る？」

お多福面の者は頷きながら奥から出てきて、雀に上がれと促した。

「お邪魔しやーす」

襖《ふすま》も障子も開け放たれ、部屋の中をゆるやかな風が通っていた。小さな庭の片隅には、もう薄《すすき》が白い顔を覗《のぞ》かせている。暑さも去り、空気が優しく感じられる遅い午後。青い畳の上に、縁側の戸に嵌《は》められた模様硝子《ガラス》を通った光が、宝石のように落ちていた。そこに、鬼火の旦那が長々と寝そべり、草紙《そうし》を読んでいた。

「オゥ、どうしたイ？」

黒眼鏡の顔だけを雀の方へ向ける。俯《うつぶ》せに寝た旦那の腰で、猫が一匹丸くなっていた。

「こいつが重くてかなわねぇ」

「あ、いつも庭にいる猫。なんか太った？」

雀が身体を撫でると、猫は気持ちよさそうにゴロゴロと喉を鳴らした。

「腹ぼてれんなのヨ」

「子猫が生まれンのか！　楽しみだなぁ〜」

猫は客が来たことを知り、ようやっと旦那の腰から降りた。

「アア、閉口《あやま》った」

旦那は身体《からだ》を起こし、煙管に火を入れる。旦那が吸う煙草の煙は香のような香りがして、雀は好きだった。お多福面の者が、お茶と菓子を持ってきてくれた。

「お、菊屋《きくや》の豆大福だあ！　俺に買ってきてくれたのかぃ？　ありがとう！」

満面の笑みで大福にかぶりつくと、お多福面の向こうが笑っている様子が雀には感じとれる。笑顔が笑顔を呼ぶのだと、雀はこの世界へ来てから学んだ。

「それで、なんぞ用かぇ、雀？」

「あ、それなんだよ、旦那。俺、大浪花に取材旅行へ行くんだ！」

「ほぉ！」

さすがの鬼火の旦那も驚いた様子だった。

「よく大首がうんと言ったな」

雀は、これまでの経緯《いきさつ》を旦那に語って聞かせた。

「なるほど。雪消も俠《きゃん》なことだの」

旦那は美味そうに煙管を吹かした。

「でさぁ、旦那。同じ大浪花に行くんなら、雷馬も絶対《ぜってー》見てぇわけよ。今年は来るのか、いつ来るのか、旦那ならわかるんじゃねぇかな〜って」

「ふぅん」

大きく煙を吐いてから、旦那は言った。

「俺にゃあわからねぇが、雷馬の動きは大浪花城が張ってるはずだ。ちぃとツテを当たってみるか？」

「やっりー！　さっすが、鬼火の旦那だ！」

雀の胸の中で、大浪花旅行への期待が百倍膨らんだ。

乾風《あなぜ》けちらす春疾風《はるはやて》

日吉座の夏公演がすべて終了し、その打ち上げと、贔屓筋《ひいきすじ》へのお礼を兼ねた宴席が設けられた。その末席に、雀とポーと桜丸も招かれた。

深川《ふかがわ》の高級茶屋「竹の春」。屛風《びょうぶ》でいくつかに仕切られた大広間で、日吉座の座員と客が入り交じり、呑めや歌えの大宴会。蘭秋や藤十郎ら人気俳優は、あっちの客こっちの客へ、引っ張りだこの忙しさだ。

仕切りの屛風越しに客たちの間を舞い舞いする役者たちを覗いて、桜丸は気の毒そうに言った。

「ヤレ世話世話しぃのう。アレじゃ、呑むなぁともかく、食ってるヒマはねぇだろうぜ。人気者は大変だぁ」

「まったくだ！　こんなに美味《うめ》ぇ膳なのにヨ」

旬の秋を先取りした野菜の朴葉《ほおば》味噌焼き、丸鰺《まるあじ》の刺身、天ぷらなど、上品で高級感溢れる品々に、雀は特別に頼んで飯を先に出してもらった。季節の飯は、海老《えび》と百合根《ゆりね》の炊き込みだった。

「うンめぇえー！　この……飯についた味が、もうすンげぇ上品で、海老と百合根の味が引き立って……こウ、いかにも高級品って感じがビッシビシすらあ」

「ボクと桜丸の分もあげるから、いっぱい食べな」

「さんきゅう、ポー！　……あ、そうだ！」

雀は何か思いついたらしく、急に部屋を出て行った。それを見送って、ポーが桜丸に言った。

「さすが大江戸三座筆頭ともなると、贔屓筋の顔ぶれも豪華だねぇ。油問屋の大河《おおかわ》屋に大酒蔵の松田屋、吉原《よしわら》の楼主《ろうしゅ》も何人もいるよ」

「ここにゃあ居ねぇが、日吉の贔屓筋にゃあ、上級侍も大勢いる。日吉の芝居が上等な証だぜ。王春《おうしゅん》や焔《ほむら》じゃ、こうはいくめぇ？」

「違いない」

桜丸とポーは笑い合った。

そこへ、蘭秋と藤十郎がやって来た。

「ご挨拶が遅くなって申し訳ありませぬ」

二人は、桜丸たちの前でもきちんと頭を下げた。

「イヤサ、大変《てぇへん》なのぁ、そっちだろう」

「ボクたちまでご招待いただいて恐縮してるんだよ。頭を下げられちゃ困るヨ」

蘭秋の酌を受けながら、桜丸がニヤニヤと言った。

「今日は百雷《ひゃくらい》がいなくて寂しいなぁ」

蘭秋は艶然《えんぜん》と返す。

「旦那とはまた改めて、じっくりと」

その流し目の艶《あで》やかさ。

「敵わねぇな」

皆笑った。

八丁堀《はっちょうぼり》同心の百雷は、鋭い金色の目をした狼面人身の魔人。蘭秋の片思いの相手である。

「あ、来た。蘭秋、藤十郎さん！」

雀が席に帰ってきた。

「ご飯、充分召し上がってます？　雀サン」

「うん。充分！　だから二人も食べなよ。呑んでばっかりだろ」

そう言って雀が差し出したのは、炊き込み飯を一口大に小さく握った握り飯だった。

「なるほど。一杯すすめたいのは我慢して」

ポーは、手に取った銚子《ちょうし》を置いた。

蘭秋と藤十郎は、ことのほか喜んだ。

「なんと優しいお心遣い、嬉しゅうござんす」

「ヤレ、助かった。俺ぁ、蘭秋と違ってザルじゃねぇから、空《す》きっ腹に酒が回って閉口《あやま》ったよ」

藤十郎は、握り飯を続けざまに頬張った。

「エエも、藤十郎サンったら、余計なことは言わしゃんすな」

「客は、どうしても酒を勧めるからなぁ」

「美味しい。小さくて食べやすいし」

「良かったらおかずも摘《つま》んでくれよ」

雀が淹れた茶を飲んで、藤十郎は大きく息を吐いた。

「アア、お茶が美味《うめ》ぇ」

皆、大笑いした。

わぁわぁと賑やかな様子を眺めて、雀が言った。

「こんな時、雪消さんが来られないのは残念だなぁ」

「大丈夫。雪消サンは慣れてらっしゃるし、今は紫《むらさき》もおりやす」

蘭秋は雀に微笑んだ。

蘭秋が天空の竜宮城から土産《みやげ》に貰った天空魚「紫」は、雪消の牢内で飼われている。蘭秋が遅くなる夜などは雪消が紫に餌をやるので、紫もすっかり雪消に懐いている。

孤独には慣れているとはいえ、雪消は、いつも変わらず傍にいる紫という存在にずいぶん慰められるようだった。

「前よりも笑顔が増えなすった」

藤十郎もそう証言する。

「わかるなぁ～。雪消さんが紫を可愛がる気持ち」

その運命を仕方のないことだと、とうに受け入れている雪消。またそれを憂うことのない芯の強い身。それでも、心の隅に小さな孤独があるのは当然で、それを小さな紫が満たした。雪消は、紫を愛でることによって、自分の中にある孤独と向かい合うことができた。だからこそ笑顔が増えたのだと、雀は心から理解できた。

「雪消サンには、一等上等な膳が竹の春から届けられておりやすから、今頃は紫相手に酒盛りの真っ最中でござんしょう」

「アハハハハ」

「ところで雀さん、今度大浪花へ見聞旅行に行くんだってねぇ？」

「ああ、うん！　桜丸と一緒に、雷馬を見に行くんだ。雪消さんが費用を出してくれたおかげだよ」

「ええ。その話は雪消サンに聞きやした。早船にお乗りなさるとか」

「そう！　その早船に乗るのも楽しみなんだー」

「アタシと藤十郎サンも、早船で大江戸に来たンでござんすよ」

「えっ、そうなんだ！」

蘭秋と藤十郎は頷き合った。

「もう十何年も前だねぇ。あの時、蘭秋と初めて会ったンだったたねぇ」

「その話、聞かせておくれよ」

ポーが蘭秋に酒を注ぎ、雀が藤十郎に茶を注ぐ。

藤十郎は握り飯を頬張り、茶を飲んだ。

「当時、俺ぁ、京の華節師匠《かせつししょう》のとこで舞いの修業中でござんした」

「京の華節師匠？」

雀は、早速帳面に筆を走らせる。

「華節といやあ、泥鰌《どじょう》すくいを踊ったって神舞いに見えるってぇ、踊りの名手じゃねぇか。お前《め》ぇ、そこの弟子だったたのか、藤十郎」

「道理で踊りが綺麗なはずだよ」

桜丸もポーも感心する。

京は、大浪花の北の要所であり、大浪花でも最も洗練された文化、流行の発信地といわれている。また、大妖怪伏見《ふしみ》の妖狐《ようこ》一族の本拠地でもある。

「京は舞いが盛んで名師匠が何人もいるけど、華節の弟子となると、何倍もの箔《はく》が付くっていうねぇ」

と、ポーが言った。

「その通りでござんす。華節師匠の元へは、西日本中の舞い手が教えを求めて来やすが、師匠は見込みのある者しかお弟子にはしないんでござんすよ」

「藤十郎さんは、見込みがあったんだな！」

「藤十郎サンって、出身はどこだい？」

「尾張《おわり》でござんす。ガキの頃から舞いが好きで、ぜひ京で修業したいと思っておりやした」

「なるほど」

「初めて聞いた〜」

雀は筆を走らせる。

「なぜ舞踊家にならずに役者に？」

ポーに問われて、藤十郎は苦笑いした。

「いくら華節師匠に見込まれたとはいえ、そこぁ、ピンからキリってもンで。弟子ん中にゃあ、俺よりすごい舞い手がワンサとおりやした。名人に弟子入りを許されたと喜び勇んでみたものの、こいつがとんだ磔《はっつけ》場の狐で」

まるで場違いな場に来たかのように、藤十郎は戸惑ってばかりだった。それなりに言われたことをこなし、特に師匠にも兄弟子にも叱られることもなく、毎日の修業を淡々とこなしてゆく日々。しかし、いっかな自分の技量が上がっているとは思えない。叱られない代わりに、褒められもしない。

「それは、なんとも不安だったろうねぇ〜」

「へぇ。したが、教える側からすりゃあ、俺みてぇなのが一等手こずる奴らしくてねエ。特に悪くない、さりとて褒めるほどでもない。これじゃあ、稽古のつけようもないってな具合でサ。俺ぁ、教えられたことはきちんとこなせても、それ以上の『華』が無《ね》ぇんで」

「ええ〜？　俺、藤十郎さんの踊りは、すっごく綺麗だと思うけどなぁ？」

雀は驚いたが、ポーは冷静に言った。

「つまり、華節師匠の舞いというのは、もっとすごい域の波動が出せなきゃダメなンだね」

「おっしゃる通りで」

「あれでもダメなのか⁉」

雀はさらに驚いた。

「だからお前《め》ぇは、華節の弟子と名乗らねぇのか」

「免許皆伝には至りやせんでした」


弟子入りして三年が過ぎた頃、藤十郎は師匠華節に呼ばれた。

『おまはんは、舞いの筋は申し分ない。舞いの手はすべて教えたし、よう身についた。けどなぁ、そこから先が問題なんや。どうやらおまはんは、そこから先……〝華節の舞〟には行けんようや。今更なようやが、これは修業を重ねんとわからんことなんや。この三年は無駄だったんかと思たらあかんえ』

藤十郎は頷いた。師匠の話は身に染みた。

『とは言うものの、ホンマに〝華節の舞〟には辿り着けんのかいうたら、それは絶対にないとも言い切れん。おまはんが、まだまだうちで修業したいと思うんならそうしたらええ。あるいは、別の師匠のもとに入り直すのも自由や。おまはんに合いそうな師匠を紹介するよって』

藤十郎は、事実上華節に引導を渡された。覚悟はしていたものの、やはり寂しかった。

『……考えさせてください』

『うん。ゆっくり考えたらええわ。舞いを諦めさすには惜しい腕やよって、できれば続けていって欲しんや。で、なんとか舞いで身を立てて貰いたい』

華節は、大きく煙草の煙を吐いた。

『けど気ぃつけるんやで。おまはんは変に色男やさかいに、舞いよりもそれが表に立ったら、おまはんの舞いが下司《げす》になる。それを狙う輩《やから》もぎょうさんおることを覚えときや』

華節は優しくそう言った後、小さく独りごちた。

『大浪花じゃアカンやろなぁ……』

師匠に気を遣ってもらったものの、藤十郎は半ば舞いを諦めかけていた。

まさにその時、そんな藤十郎に声をかけたのが、日吉座の座長菊五郎だった。

「菊五郎さんは、なんで京に居たんだい？」

「座長は役者や舞い手を探しておられて、華節師匠の稽古場も見に来られておりやした。京の名のある師匠のもとにゃあ、茶屋や郭《くるわ》や芝居小屋から肝いりが毎日引き抜きに来るんで。大江戸からわざわざ来るなぁ珍しいですがね」

「そうだったんだぁ〜」

当時、めきめきと売れ出した王春や焔の歌舞伎座に比べ、役者の質はいいが地味な出し物しかなかった日吉の芝居。菊五郎は、なんとか日吉らしい色を出せないものかと、いろいろ考えていた。わざわざ大浪花まで人材を探しに行ったのも、そうした思いからであった。

「座長は、芝居小屋や舞い、手妻《てづま》の小屋まで見て回ったそうで」

そして菊五郎は、とうとう藤十郎に出会ったのだ。

「座長にゃあ、俺ぁ、大江戸の歌舞伎の舞台で映えるとぴぃんと来たそうでねぇ。そう言われても、そん時ぁ、わかりやせんでしたが」

『こう言っちゃあ、なンだがねぇ、藤十郎』

菊五郎は、正直なところを伝えた。

『お前さんは、華節の舞を舞うにゃあ、色気があり過ぎるのサ。神舞いは、俗気があっちゃあいけねぇ。けど、それは持って生まれたもんだ。お前さんにも師匠にも、どうしようもねぇものなンだよ』

藤十郎は、菊五郎のこの言葉に納得がいった。師匠が「華節の舞には行けない」と言ったのは、こういうことだったのだ。

『けど、こいつぁ、お前さんの才能だよ。才能は活かそうじゃないか』

しかし、華節はこうも言った。「色気が舞いよりも表に立つと下司になる」と。まがりなりにも、神舞いの華節の下で修業をした身。師匠のその忠告を無視することはできない。

「藤十郎さんの踊りは、ぜんぜん下司じゃないよ！」

雀は、頭をぶんぶんと振った。藤十郎は、ぺこりと頭を下げた。

「座長は、師匠に話をしてくれやした。俺の才は、大江戸歌舞伎できっと花開くと」

華節は、意外にもあっさりと首を縦に振った。

『大浪花の舞台じゃ、藤十郎の色気のある舞いは俗な目でしか見られへんと思とったんや。それじゃあ、この子が可哀想や。そやから釘を刺したけど、大江戸の歌舞伎なら、この色気を〝華〟と捉えてくれるやろう』

「雀サンも大浪花に行くとわかりんしょうが、大浪花の歌舞伎は大江戸ほど人気がありんせん。大浪花じゃあ、大衆芝居、見せ物、漫才が一等人気なんでござんす」

「そうなんだ！　マンザイねぇ」

雀は、手帳に書き込みながら感心した。

「大江戸の萬歳《まんざい》たぁ、うってんばってんだけどネ」

「大浪花の歌舞伎はとても格調高くて、ほンの一握りの上級の方々が、教養のために嗜《たしな》むお芝居なんでござんすよ。逆に、大浪花の漫才は大衆のもの。大江戸の萬歳のように、上の方々のお祝いを言祝《ことほ》ぐ芸事じゃございんせん」

「ところ変われば……だねぇ」

大浪花の文化では俗に受け取られがちな藤十郎の色気も、大江戸の文化なら華と受け入れられる。藤十郎は、菊五郎についていってみようと思った。

「そいで、俺と座長は大浪花から大江戸への早船に乗った次第なんで。早船といっても、一等下のもんでしたがね。五つの港に泊まりながら、六日かかりやした。旅気分はたっぷり味わえたんで、楽しゅうございんしたよ。で、その同じ船に、蘭秋が乗ってたってわけで」

話を振られた蘭秋は、苦笑いした。

「ほンに奇縁でございんしたねぇ。あの頃、アタシも藤十郎サンと同じような立場と気持ちでありんした」

「確か太夫《たゆう》は、伏見一族から抜けて……っていうか、身分も家も捨てちまったんだよな？」

手帳に書き書き、雀が質問する。

「アイ」

大浪花を支える大きな力の一つである、京は伏見の妖狐一族。その血族の一人でありながら、蘭秋は妖力不足を嘆き、故郷《ふるさと》を出ざるをえなくなった。

「大浪花の役に立たぬ以上、なんで伏見に留まっていられやしょう。身の置きどころなんぞありんせん。それほど、伏見というのは大浪花では重要な地位にあるんでござんす」

「で。いっそ大江戸に行こうと思ったんだね」

「アイ。大浪花以外ならどこでも良かったンですがね」

＊

早春。まだ寒い時期だった。

鈍色《にびいろ》の海をゆったりと、大亀《おおがめ》の運ぶ早船が進む。二階建ての船の二階は広間になっており、寝転がる者、おしゃべりする者、花札に興じる者などがいた。

菊五郎と藤十郎は、火鉢を囲んでいた。火にかけた網の上で餅《もち》を転がしながら、菊五郎が大江戸のことなど藤十郎に語って聞かせていた。

「まさか、早船に乗って大江戸へ行くとは思わなんだなぁ。大江戸への旅なんて、夢のまた夢やったし」

「もうちっと金がありゃあ、もっと速い船に乗れたンだが」

「いやぁ、充分ですわ。いろんな宿場にも泊まれるし」

「今日泊まるのは、江尻《えじり》宿だぜ。大江戸への土産に追分羊羹《おいわけようかん》を忘れず買わなきゃなあ。あと、小田原の透頂香《とうちんこう》」

「桑名《くわな》の焼き蛤《はまぐり》は、さすがに美味かったですわ」

「酒蒸しもいけたねぇ」

餅が焼けたところで、藤十郎がちらりと窓辺に目をやったのに菊五郎が気づいた。そこには、障子を少し開けて、ゆるゆると過ぎてゆく遠くの海岸を眺めている者がいた。船に乗った時から同じ場所でそうしていた若者だった。弁当も一人で食っていた。

手拭いのほっかむりに狐の面。白い尻尾《しっぽ》がやけに美しい。妖火売りには狐面を被った者が多いので、この者もそうかも知れない。ぱっと見た目は、藤十郎と同じような年頃。菊五郎は、藤十郎が話し相手に欲しいのだとわかった。

「コレサ、狐面の兄《あに》サン。餅が焼けたが、お一つどうだね？」

菊五郎が軽く声を掛けると、狐面がこちらを見た。ちょっと考えるように俯《うつむ》き、それからすっと二人の方へ寄ってきた。

「ありがとぉ」

面を少しずらして、餅を食べる。その口許とその仕草に、隠しようもない品を感じた菊五郎と藤十郎だった。

（こりゃあ、このナリよりも良《え》えとこの若君らしい。なんでまた、身を窶《やつ》してまで一人旅してンのかねぇ？）

「美味しい」

若者は美しい口許をほころばせたが、その口調はどことなく寂しげだった。

藤十郎が優しく話した。

「俺はこれから大浪花を出て、大江戸へ行くんや。大江戸で、大浪花とはぜんぜん違う新しい暮らしを始めるつもりなんや」

「ホンマ？　……私も大浪花を出てきたんや」

ぽつりと、若者は言った。そこには、藤十郎と同じく、それまでの自分を変えざるをえない悲哀が込められていた。

「そうかぁ。俺らお仲間やな」

藤十郎は、若者の背中をぽんと叩いた。

「大江戸まで行くのかイ？　良かったら一緒しねぇか？　飯も一緒に食った方が美味《うめ》ぇだろう」

面の下の口許が、薄っすらと笑った。

「あたしは菊五郎。こっちは藤十郎だよ」

「……蘭《らん》、と申します」

蘭は、早速藤十郎が話し始めたこれまでの経緯を、熱心に聞いた。それから、面の下でそっと涙を拭いながら、蘭も自分の今の気持ちを話した。

「私も藤十郎さんと同じや。私の力足らずは生まれつきで、誰にもどうしようもない。けど、やっぱり師匠には顔向けできん。他のみんなの手前もあるし、もう京にはおられまへん。どっか遠くへ行って、ぜんぜん別のことをする以外ないんや」

菊五郎が、その背中を優しく撫でた。

「お前さんも、厳しい場所で生きてきたんだねぇ。大江戸でやってくンなら、あたしが力になるよ。なんでも相談しておくれ」

「ありがとうございます」

蘭は、深く頭を下げた。

早船は駿河《するが》の海を進む。沖を見れば、大鯨《おおくじら》の群れが轟々《ごうごう》と潮を吹きながら通り、陸を見れば、富士山が青灰色の空にくっきりと立ち、その上を五色の雲が流れていた。

「蘭、見てみ。白砂にきれーに松が並んで。あれ、三保《みほ》の松原とちゃうか」

春まだ浅き夕景の中、早船は江尻宿のある清水の港に着いた。

港には、他にも何隻《せき》か船が到着しており、船を下りてくる客を、宿の客引きが大勢待ち構えていた。

「北善《きたぜん》でございます！　今宵《こよい》のご宿泊はぜひ我が宿へ！」

「とびきり熱い湯から、水湯まで取りそろえております！　どうぞ、時雨《しぐれ》の宿へお泊まりを！」

「お布団から藁《わら》の巣まで、お好きな寝床をご用意いたします！」

「繭《まゆ》の寝床はあるかいの？」

「ございますとも！　ささ、どうぞどうぞ！」

わぁわぁと飛び交う呼び込みや客たちの声で、隣にいる者の声も聞こえない。菊五郎も声を張り上げた。

「宿はまだ決めていないんだろう、蘭？　一緒に泊まろう！」

その声は、周りの者がハッとするほどよく通り、一瞬場が静まったほどだった。

「オット……」

菊五郎は、肩をすくめて口に手を当てた。

「さ、さすがや、菊五郎さん……！」

藤十郎は感心したが、菊五郎の声は、呼び込みどもの気を引いてしまった。たちまち何人もの呼び込みが、ワッと押し寄せる。

「どうぞお泊まりは我が宿へ！」

「いいや、ワシとこへ！」

「うちが先じゃ！」

その中に、質《たち》の良くない者が混じっていた。一ツ目や鳥頭《とりあたま》を掻き分けて、ぬっと現れたのは犬面の大男。

「どけや、てめぇら！　この客はわしとこがいただきじゃ！」

他の客引きたちが、ぎゅっと顔を顰めた。どうやら札付きらしい。案の定、犬面は下品で乱暴な口をきいた。

「酒も女も上等なのが揃っていやすぜ、旦那方。さぁさ、行きやしょう！」

犬面は、有無を言わせず蘭の腕を引っ張った。

「あっ、何するんや！　こっちの返事も聞かんと！」

藤十郎とともに、他の客引きたちも嚙み付いた。

「無茶な客引きはやめとくれよ、下田屋さん！　江戸の評判が下がっちまう！」

「うるせえ！　ガタガタぬかすな！」

犬面は他の客引きたちを突き飛ばした。その反動で、腕を摑《つか》まれている蘭は振り回された。

「わあっ！」

「あぶない！」

突き飛ばされた客引きたちが、客や荷物に倒れ掛かる。押されて転びそうになった年寄りを助け、藤十郎は犬面に怒鳴った。

「何さらすんじゃ、コラ！　客にケガさせるつもりか!!」

しかし犬面は悪びれもせず、大きな牙《きば》の間から真っ赤な舌を垂《た》らした。

「ケガしたくなかったら、うちへ来いや」

その時、

「人が大人しゅうしとったら……」

と、狐面の下から唸《うな》るような声が聞こえた。

「ええ加減にせえ――っ!!」

空いている右の鉄拳を犬面の横っ腹に叩き込んで、蘭が吠えた。

「うごっ！」

犬面の大きな身体《からだ》が、二つ折りに折れた。そのまま、ガックリと膝をつく。

「蘭っ！」

藤十郎が蘭を引き寄せる。

「こ、こいつ……！」

蘭に手を伸ばそうとした犬面の頭めがけ、藤十郎の拳固《げんこ》と狐の面が振り下ろされた。ガッと音がして、犬面はひしゃげた蛙《かえる》のようになった。

「蘭、おまはん、面……！」

「あ……」

思わず狐面を外した蘭は、なんとも美々《びび》しい顔をしていた。しかも、犬面に振り回された際にほどけたようで、黒髪がほっかむりから長々と垂れている。

固まる二人に、周囲からワッと拍手が起こった。

「なんと艶やかで鮮やかな二人やないか！　まるで春疾風《はるはやて》がぴゅうっと吹いたようや！」

「悪者をやっつける美形二人！　芝居を見ているようじゃないかエ！」

「ほんに！　コリャ景物、景物！」

ヤンヤの喝采《かっさい》を浴びて、二人は赤くなって頭を掻いた。

その様子を、菊五郎が雷《かみなり》に打たれたように見ていた。

＊

「なるほど！　そこで菊五郎さんは、神の啓示を受けたってわけだね！」

ポーは膝を打ち、雀と桜丸はウームと唸った。

「へぇ。和事《わごと》と荒事《あらごと》の融合でござんすね。和事の王春とも、荒事の焔とも違う、日吉だけの芝居を、この蘭秋でできると」

「それは、藤十郎さんもいてこそでありんしょう」

藤十郎と蘭秋は、当時を思い出して笑った。

「あの夜はもゥ、大変でござんしたよ。座長が一晩中、新しい歌舞伎のことを延々としゃべって、俺らに芝居をやれと言ってねぇ。ウンと言うまで寝かせてくれやせんでした」

「翌《あく》る日は、三人とも船の上でぐうぐう。お昼ご飯も食べないで」

「アハハハ」

「蘭秋が伏見一族の者とわかった時ぁ、驚きやしたが、その時ぁ、蘭秋も、もう一人の役者としてやっていくと決めておりやしたんでね」

「優しくして下すった座長と藤十郎サンの恩に報いたい一心でありんしたし、何より強い縁《えにし》を感じやした」

「藤十郎さんも蘭秋も、芝居なんてやったことなかったんだろ？」

二人は、軽く首を振った。

「舞いも、芝居心がなきゃあ出来ねぇもンでね」

「アタシも、芸事は嗜んでおりやした。一族の者は、皆そうです。もちろん、お客様からお代をいただくわけですから、大江戸に来てから厳しいお稽古をしやしたよ」

「それが今や、二人ともが大江戸三座筆頭の一枚看板か」

「運命だよねぇ～」

桜丸もポーも、酒を美味そうにぐびりと呑んだ。

「俺、二人の故郷《ふるさと》をよっく見てくるよ」

雀と藤十郎と蘭秋は、頷き合った。

「見聞録を楽しみにしてるぜ」

「お気をつけていってらっしゃい」

「できれば、華節師匠に会いに行って貰いてぇなあ」

藤十郎がそう言うと、桜丸が身を乗り出してきた。

「ソレソレ。華節といやあ、神舞いもそうだが、滅法界《めっぽうけえ》美形だそうじゃねぇか」

「ああ。へぇ、そりゃあもウ！　眩《まぶ》しいほどでござんすよ」

「こいつぁ、もゥ行くしかあるめえ！」

嬉しそうな桜丸に、ポーと雀は笑って肩をすくめた。

「あとは、旦那からの連絡を待つだけだ」

雀の胸は、またいっそうわくわくと膨らんだ。

雷馬襲来

大江戸も大浪花も、一人の将軍を頂点とする一独立国家である。大江戸がそうであるように、大浪花も、日本を支える四つの大きな方位、東西南北の一つを支えている。大江戸は「東」、大浪花は「西」である。

大浪花城。

老中たちが、仕事の合間に懇談の間に集まって、蜜柑《みかん》など食べていた。

「やっと朝晩、涼しなってきましたなぁ」

「いよいよ新米の季節でっせ。楽しみやわぁ～」

「魚も美味なってきますなぁ～。旬の秋刀魚《さんま》なんかを塩焼きにして一杯やりたいなぁ」

「たまりまへんなぁ」

大浪花っ子が集まれば、一番の話題は食べること。それは政治の最高級官僚の老中とて同じだった。そこへ、廊下を向こうからバタバタと駆けてくる者があった。

「えらいこっちゃ、えらいこっちゃ！　えらいこっちゃでございます～～～!!」

老中たちは蜜柑を頬張りながら顔を向けた。

「なんやなんや。騒々しいな」

「走ったらアカン！　床が減るやないか！」

伝令の者は、懇談の間の入り口にばっと伏した。

「申し上げます！　只今、伏見より火急の託宣《たくせん》が届きましてございます！」

「伏見から!?」

老中たちは身を乗り出した。

「雷馬が……、雷馬が今年は……大浪花を直撃すると！」

「なんやて？」

「直撃て……どういう意味や？」

「海やなく、陸に来るいうことです！」

その場にいた老中全員が飛び上がった。

「大浪花沖を通るんちゃうんか!?」

「違います！　雷馬は、このままでは大浪花の真ん中を斜めに横切るらしいのです！」

「はあ〜〜っ？」

老中たちは顔を見合わせた。

雷馬が、本当はどのような存在なのかはわからない。しかし、波を切り裂いて進むところを見ると実体があるのだ。作為も悪意もないとはいえ、実体のある巨大なものに、町の真ん中を通られてはたまらない。その被害は甚大を極める。

「伏見呼べっ！　詳しい話聞かなアカン！」

「ははっ！」

一時後《いっとき》。雷馬襲来の儀は、家老を通じ、将軍「西方《にしかた》」に伝えられた。

御座《ござ》の間の中庭で池の大錦鯉《おおにしきごい》に餌《えさ》をやっていた西方は、話を聞いて驚きのあまり足を滑らせ、危うく池に落ちるところだった。家老令月《れいげつ》が、将軍の小さな身体《からだ》の襟《えり》首《くび》をひょいと摑んで事無きをえた。

「え、えらいこっちゃがな〜〜〜！」

西方は、鯉の餌袋を抱き締めて青くなった。

「なんでよりにもよって、陸を通るねん！　いっつも海やったやん！」

「雷馬には雷馬の都合があるんでっしゃろなぁ」

冷静な家老に、その背丈の半分ほどの将軍が下からつっこむ。

「都合やったら、こっちの方がよっぽどあるわ——っ！　こっちは、ほなどきまひよかっちゅーわけにはいかんやないか！　雷馬《そっち》が気ぃ遣えや——っ！」

「雷馬にそれが通じればええんですけどなぁ」

三本線の模様の布で隠した顔の下から、家老はあくまでも冷静に言った。

「そいでっ？　伏見はなんて言うてるねん？」

「今、対策を練ってる最中らしいですわ」

「雷馬はいつ来るって？」

「約四日後」

将軍は飛び上がった。

「えっ、もうそんなんなん？　いつももっと前にわかるのに！　ぜんぜん時間ないや――――ん!!」

「そやからもう、避難とか無理でっしゃろなぁ。下手に御触《おふ》れとか出したら大騒ぎになるよって、それも得策やないし。雷馬の方をなんとかせんと」

将軍は、三本線の布を下から睨《ね》め付けた。

「……こんな時のお前の変に冷静なとこ、腹立つ」

「上様は、もうちょっと落ち着いてくれな困りますなぁ」

その翌日。大浪花城内の白書院の間で、西方は落ち着きなく、部屋の中を行ったり来たりしていた。

「上様、まぁそおウロウロせんと。座ってお茶でも飲みなはれ。ほれ、栗饅頭《くりまんじゅう》ありまっせ」

「これが落ち着いておられるかイ！　大浪花始まって以来の危機やぞ、令月！　雷馬が来るまで、あと三日になってもうたやないか。伏見は何しとんねん！」

将軍は小さな頭を掻きむしるが、家老は至って冷静にお茶を淹れた。

「栗饅頭、七夜の新作でっせ」

「えっ、ホンマ？」

将軍が立ったまま栗饅頭を頬張っているところへ、老中の一人がやって来た。

「伏見が参りました！」

「来よったか！　通せ、通せ！」

老中に呼ばれて白書院に入ってきたのは、狩衣《かりぎぬ》に身を包んだ美しい白狐《びゃっこ》。

「長至《ちょうし》！　待っとったでぇ！」

伏見の大妖狐一族は、大浪花城にあっては占いの要職にあり、主に大浪花に関わる凶事を予知し、これを防ぐ任を負っている。長至は一族の現頭首《げんとうしゅ》である。

「ご機嫌麗しゅうございます、上様」

白狐は深々と頭を下げた。

「型通りの挨拶なんかええ！　伏見の話し合いはどやったんや？」

「へぇ。雷馬にこちらの説得は通じませぬゆえ、大浪花に結界を張って、雷馬の上陸を阻止《そし》するしか手はないと」

西方は、ぐっと喉を鳴らした。

「そぉかぁ〜。それしかないかぁ。それしかないわなぁ〜……」

「あんな大きいもんに、結界が通じるんか？」

家老の問いに、長至は表情を厳しくした。

「それが問題どす」

「えっ、何が問題なんっ？」

将軍は、きゃっと飛び上がった。

「雷馬の力が如何《いか》ほどか、おおよその見当はつくものの、万一に備えねばなりまへん。それには、結界の使い手の数が足りへんのどす」

「大浪花中の使い手を総動員しても足らんのか？」

きょとんとそう言う将軍に、家老がピシャリと突っ込んだ。

「大浪花におる使い手を、一人残らず雷馬に当てるわけにはいきまへん」

「ご家老のおっしゃらはる通りでございます」

「ほな……どないすんのん？」

「大江戸に助《すけ》っ人《と》回して貰いまひょ」

「大肥後《おおひご》と大陸奥《おおむつ》にも助力をお願いするのが宜《よろ》しいかと」

家老と長至が頷き合った。しかし将軍は、

「ええ〜〜？　嫌や〜〜〜！」

と、声を上げた。家老の顔が、布の下でムッとする。

「こないな時に、何が嫌やでっか。駄々こねてる場合ちゃいまっしゃろ」

将軍は、小さな顔の頬をこれでもかと膨らませた。

「大江戸にはお前が話せぇや、令月」

「何ゆうてはりまんのん。上様が東《あずま》はんに頭下げるんどっせ」

「嫌や〜〜〜！」

「東方様《ひがしかた》が苦手でいらしゃりますか、上様？」

長至に優しく言われて、将軍は「むぅ」と唸った。

「儂《わし》……恐いねん、あの男」

「なっ……！」

家老の髪が逆立った。

「滅多なこと言わんといておくれやっしゃ！　部下の士気下がるわ！」

「そがいなこと言うたかて！　お前は恐ないんか！　恐ないんか!!」

泣きそうな将軍の前で、家老はあくまでも冷静。

「東はんのアレはな、お若いゆえの虚勢でっせ。そう思たら可愛いもんやおまへんか」

「ぜんっぜん可愛ないわ！　なんやねん、いっつもエラソーに人見下してからに！　若いゆーたかて、見かけだけやん！」

家老は立ち上がるや、将軍の襟首を摘んで、ひょいと持ち上げた。

「はいはい。それはそれ、これはこれ。将軍としてのお仕事は、きっちりとやって貰いまっせ。さー、水鏡の間へ行きまひょ」

「摘むなや――っ！」

「伏見、助っ人は何人入り用や？」

「大名ならば三名ずつ、九名ほどかと」

「わかった」

白書院を出て行く二人を、白狐が伏して見送った。

大浪花城。水鏡の間。

石造りの部屋の三方に、壁から畳一枚分ほどの幅で水が流れ落ちている。床には魔法円が描かれている。西方はその魔法円の中に立ち、正面の水の流れと向き合った。

やがて、さらさらと流れる水の向こうに、伏している者の姿が浮かび上がった。

「西方様におかれましては、ご機嫌麗しゅう存じます。大江戸城に御用でありましょうか」

「あ、東、呼んでんか」

「かしこまりました。しばらくお待ちを」

水面《みなも》が暗くなる。

「上様、おどおどせんと！」

家老に背中を小突かれて、将軍はビクリと肩をすくめた。その直後、

「なんだ！」

と、暗闇《くらやみ》にぞんざいな声が響いた。

「ひゃっ！」

西方が家老に飛びつく。

薄暗い水面に、人型の影だけが揺らめいていた。

「ひ、東方。き、今日はちょお、頼みたいことがあってな」

家老の身体《からだ》に隠れるように、西方が言った。

「なんだ」

「雷馬がな、こ、今年は海やのぉて陸に来るんやて。伏見がそう予知して……」

一息おいて、水鏡の間に東方の高笑いが轟《とどろ》いた。

「そいつぁ、てんこちもねぇ！　さぞ景気のええ見物になりそうだなあ、オイ」

「わ、わ、笑いごっちゃないんやで！　何笑とんねん、他人事《ひとごと》や思てからに！」

「伏見に追っ払ってもらやぁいいだろう」

「そそそ、それやがな。それがな、伏見がな、使い手の数が足らん言うてんねん。そ、そいでやな、大江戸から大名三人ほど来て貰えんやろか……」

「断る」

ふっと、水鏡が暗くなった。

「あっ、コラ――――ッ!!　即答か、コラ――ッ！　もっと人の話、聞けや――――っ!!」

「相変わらずやなぁ、東はんは」

家老は大きな溜息をついた。

「ま、これは織り込み済みですわ。直接挨拶は入れたし、次は名代を立てて……」

怒り狂う将軍の横で、家老はあくまでも冷静だった。

「あー、腹立つ！　なんやねんホンマ、お前の話なんぞ聞かんぞみたいなあの態度は！　こっちには時間ないのに～～～っ！」

「落ち着きなはれ、上様。ほれ、大陸奥と大肥後にも話せんと。こっちは心良ぉ助っ人出してくれますやろから」

「あっ……、そうや！」

将軍は、パンと手を打った。

「なんですのん？」

「今、〝修繕屋〟が来とったな！」

「へえ。中奥で襖絵《ふすまえ》の修繕してますわ。上様が、きゃっちぼーるとやらをしとって燃、燃やした襖ですわ」

そう聞くが早いか、将軍はぴゅんっと走り出した。

「ちょお行ってくる！　大肥後と大陸奥にはお前が話しとけ！」

「上様!?」


中奥の畳の上に襖を三枚並べて、「修繕屋」が修復に取り組んでいた。そこへ、将軍が走って来た。

「修繕屋！」

「コリャ、上様。ご機嫌さんで。相変わらず、小《ち》っこいオッサンやね」

「ほっとけ！」

修繕屋は、焼け焦げた襖を指差した。

「も〜、キャッチボールごときで〝燃える魔球〟とか投げるから、こんなことになるんでっせ。キャッチボールは外でって言うたのに」

「令月にごっつ怒られた……」

「俺も。余計なこと教えんなって」

将軍はぶるぶるっと頭を振った。

「いやいや。二人してヘコんどる場合ちゃうねん！　修繕屋、おまはん、大江戸におる鬼火と連れやったな！」

修繕屋は、きょとんとした。

「はぁ、まぁ……。連れいうたらそうかなぁ〜、みたいな。なんですのん、急に？」

将軍が、ずいっと修繕屋に迫った。

「鬼火は、東の懐刀や。そやろ！」

「い、いや〜……詳しい事情とか、俺も知らんし」

「ええねん、ええねん。これは秘密のことなんやろ？　ちゅーか、公《おおやけ》にしてへんことや。みんな、なんとな〜くそーかな〜て思てるけど、誰も核心には迫れへん。そういうことは世の中には山ほどあるもんや。そやから、儂が今から頼むことも秘密やで。東に絶対バレんようにしてや！　頼むで！」

必死の形相の将軍に、修繕屋も苦笑い。

「ホンマ、東はんが苦手なんやね、上様」

＊

大江戸。神田の鬼火の旦那の庵に、雀が呼ばれた。

ゆるゆると晩じる中庭を眺めながら、雀は久々に、お多福面の者の作る夕餉《ゆうげ》をごちそうになった。

「この冷やした焼き茄子、すンげぇ美味《うめ》ぇよ！」

焼き茄子を冷ましたものに、出汁《だし》で煮た鶏、葱、いんげん豆を盛りつけ、鰹出汁《かつおだし》のあんをかけたものは、見た目も涼やかで美しく、初秋の夕餉によく合った。そして、塩焼きにされた秋刀魚《さんま》は形も大きく、ぷりぷりの身がぎっしり詰まっていた。味噌汁は豆腐。漬け物は大根。そのどれもが、雀にはたまらなく美味くて、幸せになった。丁寧に、心を込めて作られていることが伝わってきた。雀が元いた世界で食べた、どんなごちそうより美味かった。

「秋刀魚もすんげー美味《うめ》ぇー！　飯がいくらでも食えちまうよ！」

飯をがっつがっつとかき込んでは雀が差し出す碗に、お多福面の者がいそいそと飯を盛る。その様子を、酒を飲みながら、鬼火の旦那が笑って見ていた。

三杯の山盛り飯でおかずをすべて平らげ、味噌汁をぶっかけて四杯目の飯を食べて、雀はようやっと満足した。

「食った食った。美味かった〜。ごっそーさんでした!」

雀は手を合わせ、旦那とお多福面の者に頭を下げた。

食べ物を食べること、美味いものを食べさせていただくことに感謝するというのも、雀はこの世界で学んだ。ここでは素直にそうできた。素直にそうできるほど、この世界で「食べること」は、素晴らしいことだった。「食べること」は「幸せなこと」なのだと、気づかされた。たとえそれが、貧乏長屋で自分が用意する質素な膳であろうとも。

「デザートはある? 甘いもんとかいいなぁ〜」

お多福面の者が頷いた。その面の向こうが、クスクスと笑っているようだった。

「まだ食うのかェ? 恐れ入谷だねえ」

焼き茄子も秋刀魚も、まだ半分ほどしか減っていない旦那の膳。

「甘いもんは別腹って言うだろ？　そうそう、思い出した！　英語でもさあ、ケーキホールって言うんだってな！　世界共通なんだな！」

「ははは」

雀のケーキホールには、菊屋の三色羽二重団子とかりんとうが供された。

「雷馬のことなんだがなぁ、雀よ」

「うん」

「今年はどうも、いつもと違うみてぇだな」

「……っていうと？」

「雷馬の動きは、大浪花で占いを担ってる伏見の妖狐一族が見張ってンだが、そこの話によると、今年は海じゃなく陸を通るってんだよ。大浪花を横切るらしい」

雀は、かりんとうを頬張る手を止めた。

「陸を……？　え？　……えーと……、雷馬って、ものすごくでかいもんだったよな？」

「でかいねぇ」

「そんなもんが大浪花に来たら……大変なんじゃねぇ？」

「そいつぁもゥ、てんこちもねぇ大騒ぎにならぁな」

雀の頭に、元いた世界で見たビデオの画面が浮かんだ。

「それって、ゴジラじゃん？　ゴジラが東京で暴れるみてぇなもんじゃん？」

「ゴジラが何か知らねぇが、そんなもんだ」

雀は冷や汗が出た。元の世界では、町を破壊する巨大生物などただの空想物語に過ぎないが、ここでは現実に起こることなのだ。

「た、大変じゃん！　どうすんの？　大浪花が壊れちまうよ！」

「心配《しんぺぇ》いらねぇよ」

旦那は軽く言って、酒を飲んだ。

「雷馬は、でけぇってだけで、魔力でもって攻めてくるもんじゃねぇ。結界で充分防げるだろうさ」

「結界……」

「ありゃあ、猪《いのしし》みてぇに進んでるだけだ。ちぃと方向を変えてやりゃあいいのヨ」

「そうなのかぁ～」

雀はホッとした。

「じゃ……俺が行っても大丈夫だよな？」

「アア。まぁ、桜丸がついてりゃ心配ねぇだろう」

「良かったぁ〜！」

雀はまたかりんとうを頬張り出す。

「あ、で？　雷馬はいつ来ンの？」

「三日後だ」

「うわっ、もう時間ねぇじゃん！　明日にでも出発しなきゃ。せめて一日前には大浪花に着きてぇンだ」

その時、鬼火の旦那が何かに反応した。

カッ！　と、部屋の柱に白い矢が刺さった。

「うおっ!?」

雀は驚いたが、さらに驚いたことには、その矢がたちまち文となって畳に落ちたことだ。

「手紙っ？」

旦那が文を手にとって開く。

(旦那ンとこに急ぎの手紙……。初めて見た)

雀は、ちょっと胸がドキドキした。

「誰から?」

遠慮がちに問うてみる。

「アア。大浪花にいる知り合いからだ。……ふん」

旦那は、軽く鼻で笑ってから、

「またこの時期に大浪花にいるたぁ、奇縁なことだの……」

と、独りごちた。

旦那は文をゆっくり折りたたむと、徐《おもむろ》に話し始めた。

「面白《おもしれ》ぇ話をしてやろう、雀」

「何?」

「お前《め》ぇがいた次元、大江戸のあるこの次元、この二つは近いが、遠い」

何やら哲学的、抽象的な話らしい。雀は眉間に皺を寄せた。

「次元はまだまだ無数にある。無限にある。それぞれの次元に、お前《め》ぇに似た生き物、お前《め》ぇとは全く違う生き物が生きている。だがな、全く違う次元にもかかわらず、遥かに遠く離れた次元にもかかわらず、同じ存在が、存在することがある」

「……？」

雀は首を傾げた。

「お前《め》ぇの次元にも、そっくりな奴《やつ》が三人いるって言われてるだろう？」

「ああ、うん。俺は会ったことないけど」

「俺は、会った」

「へぇー⁉」

「ただし、これは〝姿形が似ている奴〟とは違うのよ。似ている場合もあるがな。それは、属性が同じもの、存在としての型が同じもの、なんだ」

「……？」

「環境も生態系も全く違う次元で、生命体としての生き方も遺伝子も違うにもかかわらず、同じ型の奴がいる。その次元の俺が、いるんだよ。まるで、〝俺〟を何分割かにして、あちこちの次元にバラまいたようにな。バラまかれた〝俺〟は、それぞれの次元で、それぞれに適応して生きている……。次元を行き来している奴らの間じゃあ、知られた話だ」

なんだか途方もない話に、雀は目をパチクリさせた。

「それは……みんなそうなのか？　俺も、別の俺がいるのか？　どっかの次元に？」

「いるかも知れんし、いねぇかも知れん。次元は無限にあるんだ。あちこちの次元に出入りしている奴らでさえ、別の自分に会う確率なんざ無いに等しい」

「でも……、旦那は会ったんだ⁉」

「アア」

旦那は軽く笑った。

「次元の間でな。ばったり出会《でくわ》した。一目でわかったぜ。こいつは俺だとな。向こうもそう思っただろうよ」

雀にはわからないことだらけだった。

「次元に間があんの？」

「次元が隣合っていりゃあ、出入り口をくぐるだけですむが、例えば……」

旦那は、皿の上に焼き茄子と鶏を置き、その間に葱を二切れ並べた。

「茄子から鶏へ行くには、葱を二ヵ所通らにゃならねぇ。こういう場合があるのよ。次元を移動する時、誰でも必ず通る道ってぇのがな」

「そこで、旦那は、旦那に会った……！」

「俺にも〝型〟があったかと、俺も〝型〟だったのかと思ったぜ。驚《おどれ》ェたね」

旦那は可笑《おか》しそうに喉を鳴らした。

「しかもそいつも俺も、人型、同じような容姿、おまけに術師ときたもんだ。それが次元の狭間で出会すなんざ、てんこちもねぇ確率だ。あンまり似てるもんで、手を触れたら爆発でもすンじゃねぇかってビビったぜ」

鬼火の旦那でも「ビビる」ことがあるのだと、雀は思わず「ぷっ」と吹いた。

「お前《め》ぇの次元の奴だよ、雀」

「えっ!?　〝人間〟なんだ!?　現在の地球人ってこと!?」

旦那は頷いた。

「あの世界に旦那がいた……。ってか、あの世界にも術師がいんのかっ！」

「いるさ。大勢なぁ」

「…………そんなこと、考えたこともなかった。あの頃は、俺……魔法とか怪談とか妖怪とか、ぜんぜん興味なかったもんなぁ。ホントにあったんだ」

元いた世界では、生きている普通の人間の方が、雀にとっては脅威だった。蘭秋と藤十郎の怨念ものを地でいく人間どもを、何人も見た。化け物のような血走った目つきをしている者たちに囲まれていた。そして……、

(俺も、そいつらの一人だった……)

もし元の世界で、旦那に出会えていたら……。そう考えそうになる頭を、雀はブルブルッと振った。

(俺は、今まさに旦那と一緒にいるじゃねぇか)

「へへ」

小さく笑った雀に、旦那も黒眼鏡の向こうから柔らかい眼差しを送る。

「そいつがな、時々こっちへ来る」

「向こうの旦那が!?」

「修繕屋というのよ。奴とはいろいろ話してなあ。こっちの世界が気に入って、よく大浪花に来る。大浪花にただ一人の人間ってわけだ」

雀は、この世界に自分と同じ人間がいると思うと嬉しくなった。

「大江戸じゃ、やっぱりマズイ?」

「マズイねぇ。特に視《み》える奴には、俺と修繕屋は全く同じものに見えるだろう。ややこしいじゃねぇか。まぁ、修繕屋も大江戸より大浪花の方が気に入りらしいからな。元々関西の奴らしいし。今じゃ将軍と知り合いで、大浪花城にも出入りする身さネ」

ここで雀は、ハタと思い当たった。

「俺のいた世界って、ここと時間の流れがすごい違うんだろ？　こっちの三日って、あっちじゃ一年ぐらいじゃなかったっけ？　お小枝《さえ》が帰る時、旦那そう言ってたよね。修繕屋はそのタイムラグをどうしてんの？」

「奴ぁ、時間を操れるンだろうさ。出発した時間へ戻る、とかな。次元を移動する奴らがよくやる方法だ。そうでねぇと、次元ごとに違う時間に身体《からだ》がついていかねぇからヨ」

「時間を操る………。修繕屋って、ホントに人間なのか？」

自分と同じ人間だとは思えなくなった雀だった。

「人間だろ？　多分な」

軽くそう言って、旦那は酒を呑んだ。

雀、大浪花に行く

その翌日。大江戸城。

白書院の間に、長い黒髪の、薄紫の狩衣も麗しい美形がやって来た。姿は人型だが、その瞳は銀色。優雅に歩を進める度に、花のような芳香が舞う。勢揃いした老中たちも、思わず溜息した。

「西方の名代としちゃあ、上出来だ。伏見の大御所、土御門《つちみかど》よ」

御簾《みす》の向こうから、面白そうな声がした。

「ご機嫌麗しゅう、東方様。お久しぶりでおざります」

土御門が平伏する。

老中たちが囁《ささや》き合った。

「これが、伏見の妖狐一族の大元締めか。イヤ、さすがの貫禄だの」

「今は隠居して、普段は表には出んと聞く。わしも初めて見たぞ」

「隠居はしても、一族の大将としての影響力は絶大らしいの」

「こんな大物を使いに寄越すとは。大浪花は、一体何用なのだ？」

御簾の向こうで、東方が笑った。

「てめぇの背《せな》に、あの小男の泣き顔が見えるぜ。伏見の力だけじゃ足りねぇたあ、よほど術《ずつ》ねぇらしい」

「おっしゃる通りでおざります。なにとぞ、お力をお貸し下さりませ」

「あの雷馬が、町をなぎ倒して陸を進む様なんざあ、滅多と拝めるもんじゃねえ。てめぇも見てぇと思うだろう、土御門よ？　破壊された町の復興なんぞ、どうにでもならあ」

「そう、意地悪をおっしゃらずに」

「なんと。雷馬が大浪花に上陸するというのか」

老中たちは、やっと事態を把握した。

「へえ、二日後に。伏見がそう占いましておざります」

「それはまた大事だの」

「伏見はどうするつもりなのだ」

「雷馬の上陸は、大浪花沿岸に結界を張ることで充分防ぐことができましょう」

「おお、そうか」

「なれど、結界の使い手が足りませぬ。つきましては、大江戸にも、大名ならば三名ほどのお力をお貸しいただきたく、お願いに参った次第でおざります」

「むぅ、なるほど……」

老中たちは顔を見合わせた。

「大名三人貸せだあ？　気が進まねぇなあ。別に、大浪花が崩壊するってぇことでもなかろうに。放っておいても良かねぇか？」

将軍の軽い物言いに、家老も老中たちも困った顔をした。

「また上様は……」

「西方様のこととなると、いつもコレだの」

「本当は西方様がお気に入りなのだ。からかうと面白いからな」

「今回も、日が暮れるまでごねるぞ」

「時間があまりないというのに。土御門も苦労だの」

土御門は、黙って微笑んでいた。その時、

「じゃあ、大浪花には俺が行くぜ？」

と、白書院の出入り口で声がした。

皆が一斉に目を向ける。鬼火の旦那が、部屋の出入り口に立っていた。

「鬼火……！」

東方が唸った。

老中たちの空気も一変した。顔を顰める者、苦笑いする者、家老天泉《てんせん》は、ふぅと溜息をついた。

「控えよ、鬼火」

「使いも通さず現れるとは。相変わらず無礼な奴だ」

老中たちの渋い顔をよそに、旦那は部屋に入って来ると土御門の側に立った。

「お久しぶりどすなぁ、鬼火殿」

土御門が旦那を見上げ、優雅に微笑む。

「御大将《おんたいしょう》も引っ込んでいられねぇか」

「雷馬が来るとなれば、おちおち盆栽もいじれまへん」

「違《ちげ》ェねぇ」

「なんで、てめぇがここに居る？　鬼火よ」

御簾の向こうから、剣呑《けんのん》な声がした。

「雷馬の話をどこからか聞き込んだとしても、てめぇがここに来て口をはさむことじゃねぇだろう。……てめぇ、誰かに拝まれやがったな？　俺に取りなせと？　誰だ、そいつぁ」

将軍のこめかみに、ピキッと青筋が浮かぶ様子が見てとれて、老中たちはヒヤリとした。

「まぁそう、あじに皮肉りなさんな、上様。大名三人の代わりに俺が行くと言ってンだ。それでいいじゃねぇか」

老中たちがムッとする。

「己が大名三名に匹敵すると言うか、鬼火！　大そうな口をきくものだの」

「遊び人風情が、政《まつりごと》に首を突っ込んでくるでないわ！」

旦那は悪びれる風でもなく、肩をひょいとすくめた。

「伏見の御大が、わざわざ頭下げに来てンだ。大浪花が荒れて、好物の鰻の握りが食えなくなりでもしたら気の毒じゃねぇか。せっかく楽隠居してンのにヨ」

土御門はくすりと笑い、家老はまた溜息をついた。

「ケッ、お優しいこった！」

御簾の向こうの口調が微妙に変わった。

「俺の呼び出しにゃあ、十《じっ》ぺんに一回《いっけぇ》も来やがらねぇくせにヨ」

旦那がまた肩をすくめる。

老中たちが、こそりと囁き合った。

「……これが本音」

将軍が立ち上がる気配がした。

「天泉。大名三人、みつくろってやンな。鬼火、来いっ！」

そう言って、東方は奥へ引き上げた。

「アイアイ」

奥の間へ入ってゆく将軍と鬼火の旦那に、土御門が深々と頭を下げた。

「かたじけのうおざりまする」

その様子を見て、老中たちの顔はさらに渋くなる。

「困ったものだの」

「部下に示しがつかん」

ぶつくさとこぼす老中たちに、天泉が言った。

「動かせる大名、または術師《じゅつし》をそれぞれ二名ほど上げよ。儂がそこから適名選ぶゆえ」

「ははっ！」

「アア、土御門。ちょイと頼みがある」

旦那が足を止め、振り向いた。

「へぇ。なんなりと」

＊

大江戸城の御門前。見上げるような巨大な扉に付いた、見上げるような巨大な髑《され》髏《こうべ》のかざりを、雀は口をぽかりと上げて見ていた。

「いつ見てもスッゲェなぁ〜」

「お前《め》ぇと一緒に大江戸城を初めて見た時を思いだすなぁ、雀」

桜丸が笑った。

「あン時のことを、俺は一生忘れねぇよ。もう、頭も身体《からだ》も爆発しそうだったぜ」

「ハハハ」

そこへ、涼やかな声がした。

「雀?」

雀が、はっと振り向く。

「おまはんが雀か?」

長い黒髪の、薄紫の狩衣の、なんとも優美な者が立っていた。雀は、

(うわー、綺麗な人だなあ!)

と感動したが、桜丸はそれ以上に驚いた。

「土御門……! 伏見の土御門御大じゃねぇかエ!?」

土御門は、艶然と微笑んだ。

「おまはんが、桜丸やな」

「知り合いっ？」

雀はきょときょとし、桜丸はぶんぶんと頭を振った。

「伏見の妖狐一族の、長《おさ》の中の長よ！」

「あ……、蘭秋の親戚！」

雀にはそういう認識しかない。桜丸は、自分のおでこをピシャリと打った。土御門がくすりと笑う。

「あれ？　なんかマズイこと言った？」

「あれが、うまく大江戸の水を飲めて良かったと思てますえ」

「ホントに!?　一族の恥とか思ってない？　蘭秋、ちょっと気にしてるんだ、そういうこと。でも、蘭秋はえらいよ！　スゴイぜ！　俺、蘭秋の芝居すっげぇ好きだ！」

「さようどすか。ありがとう」

桜丸は、小さく溜息をついた。

(さすがは伏見の大御所よ。器がでけぇぜ)

伏見の上魔《じょうま》ともなれば、本来ならば、雀のような下々の者とは口もきかぬ身分。それどころか、生活圏が違いすぎて姿を見かけることすらない。今こうして、雀がいるような場所に立っていることすら滅多とないのに、わざわざ会いに来るなどありえない話だった。

「あ、雷馬のことで大江戸城に来たンだな!?」

桜丸がそう言うと、土御門は頷いた。

「東はんに助っ人をお頼み申してきたんや。もう間もなく、その方たちとわしは大浪花に行く。そこでおまはんらのことを、鬼火殿に頼まれた」

「アア。俺らも旦那に、ここで待っているように言われたんだが」

「うん。おまはんらを、ついでに連れてったってくれとな」

「えっ、大江戸城のおエライ方々と一緒にかえ?」

桜丸は、ちょっと顔を顰めた。

「一緒いうたかて、ちょっとの間やないか。旅支度はしとるな?」

「アア、それも旦那に言われてたから」

「ほな、行こか。ついといでや」

土御門は、御門に向かって歩き出した。

「あの……、旦那は？」

「鬼火殿は、東はんとお話し中や」

雀は、桜丸に問うた。

「東はんって？」

「将軍だヨ」

雀は、ギョッとした。

「やっぱり……！　やっぱり旦那って、上様と知り合いってか……上様にものを言える人だったたんだ⁉」

「連れだヨ、連れ」

「し、将軍と連れって！」

土御門が手を添えると、巨大な門がゆるゆると開いた。門の向こうには、堀に掛かる朱色の橋があり、色とりどりの旗が立っていた。そしてその向こうには、立派な建物が十重二十重《とえはたえ》と連なっている。雀は圧倒された。

「うわー、下から見てもスゲーよ！」

そして、ふと思い出したことを桜丸に尋ねた。

「大江戸城には、でっけぇ骸骨《がいこつ》が棲んでるんだろ？　そいつはどこにいるんだ？」

桜丸は、軽く笑った。

「〝がしゃどくろ〟は、将軍の使い魔……式鬼神《しきがみ》さ。城で暮らしてるわけじゃねぇよ」

「式鬼神って……。がしゃどくろって、雷馬みてぇにでけぇんだろ？　そんな式鬼神をいつ使うんだ？」

「がしゃどくろは、将軍の武器……ってぇか、力の象徴といやぁいいのかなァ。雷馬みてぇにでけぇ武器を持ってンだ。東方の力がどんなもんかわかンだろ？」

「そういうことか……！」

この世界を支える四人の将軍は、それぞれに「巨大な使い魔」を従えているらしい。東は、がしゃどくろ。西は、大猫又《おおねこまた》。北は、龍。南は、大犬神。

（そいつらを使って戦う時なんかくるんだろうか……？　怪獣大戦争だなぁ）

などと考えている間に門をくぐった雀は、次の瞬間、別の場所に居た。

石造りの地下室という感じだった。三方の壁から水が流れていた。

石室には、見るからに仕立ての良い紋付《もんつ》き袴《はかま》を着込んだ高級武士や、仮面で顔を隠した者や、獣面人身《じゅうめんじんしん》の身体《からだ》に入れ墨の見える者といった、いかにも上魔風の者たちが数名いた。その者たちが、雀と桜丸をぎろりと睨む。

「なんだ、その者たちは？」

「お前は……桜丸とかいう者だな？」

訝《いぶか》しむ武士たちに、土御門はおだやかに言った。

「この子らのことはお気になさらんと。こたびのことには、なんの関係もおざりまへん。単なる、ついででおざります」

「お、こやつ人間ではないか」

「お前が、大江戸でかわら版屋をやっているという人間か」

「よ、よろしく」

雀は上級の侍たちに囲まれ、ちょっと肝が冷えた。

正面に向かって左側の水の前に立ち、土御門は深々と頭を下げた。

「ほな、皆様。なにとぞよろしゅうお頼み申します。あちらでは伏見の者がご案内とお世話をいたしますよって。桜丸、雀、後ろからついといでや」

そう言うと、土御門は水の向こうへすいっと消えた。

「あれが〝出入り口〟！　大浪花への⁉」

「では、ご家老。行って参ります」

傍らに立つ天泉に、武士たちが頭を下げる。

「皆、しっかりと務めを果たして参れよ。これで大浪花に恩が売れるぞ」

武士たちはおおらかに笑って、水の流れをくぐって行った。雀と桜丸もそれに続く。

「行くぜ、雀」

「おう！」

雀は家老の前を通る際、思わず頭を下げた。

「お、お邪魔しました」

家老がくすりと笑った。

水の流れをくぐった先、そこはまたしても同じような石室だった。

武士たちは、ぞろぞろと部屋を出て行くところだった。雀と桜丸もあとについてゆく。部屋を出たところはちょっとした広間になっており、壁にはいくつもの木戸があった。

*

「雀、桜丸、おまはんらはこっちや」

土御門が、武士たちとは違う木戸へと二人を招いた。

「ここはもう大浪花城なのかい？」

雀が目をまん丸にして問うた。

「そうや。大江戸城から、一瞬で来たんやで」

「すげぇな〜」

わかってはいたが、いざそれを体験してみると、雀の身体《からだ》にはあらためて鳥肌が立つ。

「おまはんは、大浪花と雷馬を見聞に来たんやってなぁ、雀。人間のおまはんが、どないなかわら版を書くのか見てみたいもんや」

「かわら版ができたら送るよ！」

雀の笑顔に、土御門もつられる。

「そうか。それは楽しみやなぁ。さあ、ここから城の外へ出られるで」

木戸が開かれた。

「ありがとう、土御門さん」

「雷馬のことは心配ないと思うけど、気ぃつけてな。わかってると思うが、くれぐれも口外はせんといてや。騒ぎになると困る」

「わかってます！」

雀は敬礼した。

「そイじゃ。お世話サン」

桜丸もちょっと会釈《えしゃく》して木戸をくぐった。

木戸の外は、見上げるような石垣に沿った小道だった。二人が出てきた「扉」

は、どこにもなかった。

「うお〜〜、これ、大浪花城の城壁かなぁ。でけぇ〜〜！」

見上げた空には、大江戸と同じく、飛ぶものたちの姿があった。

「一瞬で来ちゃったなぁ」

雀は小さく溜息した。

「ナニ、帰りはのんびり行きゃあいいのヨ。藤十郎らが乗った早船の三等船あたりに乗りゃあ、大江戸に着くまで五日や六日はかかる。港港の美味《うめ》ぇもんが食えるぜ」

「そうだな！」

二人は笑い合った。

「で？　こっからどうすんの？　大浪花の中心ってどっちへ行きゃあいいんだ？」

「抜かりはねぇぜ」

桜丸は、懐から一片の紙切れを取り出した。それを掌《てのひら》に載せ、ふぅっと吹く。紙切れはヒラリと舞うと、一羽の小鳥に変化して空へと舞い上がった。

「旦那の知り合いンとこへ案内してくれる式鬼だ。行くぜ」

桜丸は雀を背負うと、小鳥を追って空へ飛び上がった。

「旦那の知り合いって、もしかして昨日話してくれた、もう一人の旦那かな!?」

「アア、修繕屋だろ。さぁて、今大浪花にいるのかねぇ?」

雀は、旦那の元に届いた手紙の主がそうではないかと思った。

「だって、あの手紙を読んだすぐ後だったんだ、旦那が修繕屋の話をしたのって。それであの手紙には、きっと旦那に上様に話をつけてくれって書いてあったと思うんだ」

「そうかもなあ。東方が、結局は助っ人を出すとはいえ、駄々けてごね倒すだろうと見越した上の作戦だな。修繕屋に仲介を頼んだなぁ、西方だろう」

「西方って……大浪花の上様!? あ、そういやあ旦那が、修繕屋は大浪花の将軍と知り合いだって言ってたな」

大きな森を抜けると、そこには大浪花の城下町が広がっていた。

「わ――っ、綺麗だ――っ!」

見渡す限り、町中に張り巡らされた水路。まるで、町が水の上に浮いているようだった。そこに架けられたたくさんの色とりどりの橋。そして、大江戸では滅多と見かけない、大きな看板。鰻、河豚《ふぐ》、鶏、団子、うどんなどの食べ物、簪《かんざし》、鞠《まり》、下駄《げた》、箒《ほうき》、鍋などの生活用品や小物などを、大きく鮮やかに描いた、またはその形を立体的に模《かたど》った看板が、ひしめきあうように掲げられていた。

「賑やかだねぇ！」

「楽し――っ！　町全体が遊園地みてぇだ!!」

町を行き交う大浪花の人々も、どことなく着物の色合いなどが派手なようだ。水路を埋め尽くすような船も、それぞれに旗をたくさん掲げて賑々《にぎにぎ》しかった。

もっと町の様子を眺めていたかった雀だが、案内の式鬼は、中心地を外れて民家や長屋が並んだ地区へ飛んで行った。

やがて、大きな通りのすぐ裏手で式鬼はスーッと高度を落とし、一軒の庵の前へと下りた。桜丸が続いて下りると、庵の玄関前で式鬼は元の紙切れに戻っていた。

小さな庵の木戸がカラリと開いて、中から見覚えのある姿が現れた。

「ようお越し」

雀は、びっくりした。ざんばらの黒髪、着流し、煙管《キセル》。「修繕屋」は、鬼火の旦那と本当によく似ていた。違うのは、髪を後ろで束ねていることと、黒眼鏡ではなく、普通の眼鏡であること。

「お前《め》ぇが、修繕屋か」

「桜丸やね。その名の通り、艶やかやねぇ」

「さすがよく似てらあ。鬼火の旦那と瓜二つだな。声もなんとなく似てるよな」

「旦那の方が、ちょっと背ェ高いけどな。あ、年齢もだいぶあっちが上やで」

「ハハハ」

雀は、不思議な気持ちでいっぱいだった。鬼火の旦那と「同じ」なのに、「違う」者。容姿が似ているからこそ、余計に不思議だった。

「よ、雀」

修繕屋に声をかけられ、雀は自分でも驚くほどドキッとした。

「同士！」

修繕屋は、雀に握手を求めてきた。握った手の感触は、旦那や桜丸と変わりない。しかし、この手は雀と同じ「人間の手」なのだ。握った手に自然に力がこもった。お小枝ちゃんと会った時よりも数倍も、雀は感慨深かった。

（お小枝ちゃんと決定的に違うのは……、やっぱり同じ時代の人だから……）

修繕屋の「目」が見えることも不思議だった。違うかも知れないけど、旦那の目もこんな感じなんだろうとか思うと、胸の内がザワザワするような気持ちになった。

「お前のことは、旦那から聞ぃとった。いっぺん会《お》うてみたいなぁと思てたんや」

眼鏡の向こうの目が笑うのが、はっきりと見えた。

「フツーの人間がこんなとこにいきなり落ちてきて、ようまぁ、ちゃんと生きてられたもんや。感心するわ」

「こんなとことはご挨拶」

桜丸が口をはさむ。

「俺は……」

雀の心に、いろんな思いが溢れてきた。

「最初に……旦那に拾われたから……。だから……」

「うん」

修繕屋は、雀の頭を撫でた。

「そやね」

雀は、なんだかあの頃の気持ちに戻れたような気がした。

ただの人間が異世界に落ちてきて、異様な風景を目の当たりにして、自分は死んだのだと思った。そして雀は空っぽになった。その傍らに鬼火の旦那がいてくれたからこそ、雀は生き延び、そして生まれ変わることができたのだ。

「ま、立ち話もなんやから。入ってや。大浪花名物いわおこしを買《こ》うといたで」

修繕屋の小さな庵で、雀と桜丸は渋茶と大浪花銘菓をふるまわれた。

「なんだぇ、コリャ！　固くて食えやしねぇぜ」

「ちゃうちゃう。いわおこしはな、噛むんちゃうくて、しゃぶるんや。しゃぶって軟らこうしといてから食うねん」

「面倒《めんど》くせーな」

いわおこしを舐めながら、雀は問うてみた。

「修繕屋さんは、いつからこの世界へ来てんだい？」

「三年ぐらい前かな。というても、俺はずっとここにおるわけちゃうけどな。行ったり来たりや」

「じゃあ、俺と同じくらいだ。次元の間ってとこで、旦那に会ったんだよね」

修繕屋は、笑って頷いた。

「あん時はもぉ、そらビックリしたで〜。同じ型の奴がおるらしいということは知ってたけど、まさか自分がそうで、おまけにそいつに会うやなんて、どんな術師でも思てないことや。もひとつおまけに、その時俺と旦那は、着物姿に眼鏡かけて煙管咥《くわ》えとった。お互い絶句しましたがな。こんなとこに鏡あったっけ？　いやいやいや、ナイナイナイ」

「アハハハハ！」

雀も桜丸も大笑いした。その時の旦那の様子を想像すると、可笑しくてたまらなかった。

「話を聞くと、お互いの世界は似て非なる場所やった。遠いけど近いのも縁かなぁと思たし、人間がたまに落ちてくるっちゅーのもな」

雀は、大きく頷いた。

「しかしまぁ、滅法界縁《めっぽうけええにし》がしこじらかってんなぁ」

桜丸の言う通り。偶然という縁が複雑に入り乱れている。

無限にある次元の狭間の無限にある通り道で、同じ「型」の存在が出会う。それは似た容姿で、属する世界も近しく、両方の世界を繋ぐ存在もいた。長い時を生き、神の領域にすら達しようという術師たちでさえ驚くような「奇跡」。

この奇跡に、何か意味はあるのだろうかと雀は思った。そこに雀自身が関わっているということは、自分にも意味のあることなのだろうかと。

「偶然の重なり合いに、何か意味を見出したがるのは、人間の悪い癖やね」

修繕屋は軽く言った。

「何か意味があるのかとか言い出したら、バナナで滑って転んでも神の奇跡になってまう。そんなもん、エセ宗教家の専売特許や。偶然が重なるのは、単なる偶然に過ぎん。それが何かの縁を孕《はら》んでたとしても……それだけ。それが、誰かの運命を左右する〜とか、世界の未来を変える〜とか。アニメの見過ぎやっちゅーねん」

修繕屋は、煙管の煙をぶはーと吐いた。

「偶然は、ただそこに在るだけ。誰にも、何にも作用せぇへん。生まれては消える。やって来ては去るだけや。奇跡の意味をホンマに知ることができるのは、当の本人だけなんや。それは、本人が作るもんやからや」

「…………」

修繕屋のこの話は、雀に「神の象」の言葉を思い出させた。

天空の竜宮城の天空の湖に、永遠に佇み続ける神の象は、雀が、自分が大江戸に落ちてきたのには、何か意味があるのかと問うた時、

『意味があったと……それは、お前しか知らない……』

と、答えた。

その答えは、雀の胸に深く、深く染み込んだ。そして雀は、

『俺がこの世界に来た意味はこれだったんだと。そういう生き方をするんだ』

そう決意したのだ。

「偶然の重なり合いも、奇跡も、そこに居合わせた者次第で、意味を持ったり持たんかったりする。偶然にも奇跡にも、ホンマはなんの力もないもんなんや」

修繕屋の話は、雀にはよくわかった。

「でもさ。じゃあ、旦那と修繕屋さんが似てたり、次元の間で会ったりってすごい偶然には、なんの意味もなかったのか？」

「いや〜、そんなことないで。俺の次元の奴が、旦那の次元におる。これには意味がある」

雀は、自分のことだとドキリとした。

そんな雀に、修繕屋は優しく言った。

「ぜんぜん違う世界で、お前は楽しくやっとる。ホンマ運のええ奴や。でもそれは、お前がそうしようと努力したからやで。それでええ。今更元の世界へ帰れなんて言わん」

「うん」

「そんな頑張ってはる雀さんに、こ、こんなことが、で、できるのは、お、俺だけ、や」

そう言って、修繕屋が隣の部屋から持ってきたのは……。

「たこ焼き!!　たこ焼きの鉄板だあ――っ!!」

雀は飛び上がった。初めて見る桜丸は目をぱちくり。

「なんだエ、コリャ？　穴ぼこだらけじゃねぇか」

「ひょっとして、たこ焼き食わしてくれたりする？」

修繕屋は頷いた。

「今夜はたこ焼きパーティや！」

「ヤ、ヤリ――ッ！　え、どうして？　俺、たこ焼き食いてぇとか思ってたんだ。

なんでわかったんだ？」

「これも奇跡の偶然やね」

「たこやき？　蛸焼きか？」

首を傾げる桜丸。

「ちげーよ、桜丸。たこ焼きはな、たこ焼きは……なんで出来てんだ？」

「小麦粉や」

「あっ、小麦粉か。そぉかあ。たこ焼きはな、小麦粉で作るお菓子でさ……。なんでこの世界にはねぇの？」

「あるじゃねぇか」

「あんの？」

「小麦を焼いて作る菓子だろ？　今川焼きとかそうだぜ」

「今川焼きって、小麦粉でできてんだ!?」

修繕屋は苦笑いした。

「食い物がなんでできてんのか、子どもは知らんわなぁ。そんなのどうでもええもんな」

雀は、後ろ頭を掻いた。

「この世界には、同じように小麦粉使《つこ》て、穴のあいた鉄板で焼いても、今川焼きはあっても、たこ焼きはない。それはただ単に、たこ焼きがこの次元の食い物とちゃうだけの話や」

「食い物にも次元ってあるんだなぁ」

「この世界のような次元はな、基本的に〝発達〟とか〝変化〟がないねん。多分一万年後の未来でも、同じような生活しとるわ。今この世界にないもんは、ずーっとない。でも、ほななんにも変わらんのかというたら、そうでもない。やっぱりちょっとずつ、何かが変わっていくんや。たこ焼きも、千年後ぐらいには出来てるかも知れんな。あるいは、明日にでも突然出来るかも知れん。あ、でもなー、たこ焼きはソースがなかったらな〜」

新しいものが出来るには、作り手の発想だけでなく、材料が揃わなくてはならない。この世界では、材料と発想が揃うのにずいぶん時間がかかるのだろう。

「ま、こういうことは、俺らの世界から見た解釈に過ぎんけどな。この世界にたこ焼きがなかったからゆーて、それがどないやっちゅー話や」

「大江戸には、ソーダとかケーキとか、プリンもあるぜ！」

「大江戸は、外地人が多いもんなぁ。いわゆる〝舶来物〟は、いっつも大江戸が最先端や」

「ところで、そのたこ焼きってなぁ、美味《うめ》ぇのか？」

首を傾げたままの桜丸に、雀と修繕屋は力説した。

「そらもう！　大阪名物のナンバーワンなんやで！　いっぺん食うたら虜《とりこ》やで！」

「美味《うめ》ぇって！　絶対美味《うめ》ぇって!!　間違いねぇって！　かつおぶしとソースがさあ！」

雀は、ハッと修繕屋の方を見た。

「修繕屋さん！　もちろん、ソースとか青のりとかも持ってきてくれてるよな？」

修繕屋の眼鏡がキラリと光った。

「当たり前や。それなくしてたこ焼きとはいえん！　材料も道具も、全部揃てまっせー！」

「ヤリ――――ッ!!」

雀は小躍りした。

「なんだか知らねぇが、楽しみだ。そいつは酒には合うのかぇ？」

「酒？」

修繕屋は腕組みした。

「酒よりはビールやなぁ〜。ビールも持って来てるけど、俺用に。桜丸の口に合うかどうかは微妙やなぁ。あ、明石焼きも作ろか。あれなら酒に合うわ」

「明石焼きって何？　俺、食ったことねぇ」

「たこ焼きの親戚や。卵でふわっと仕上げて、出汁につけて食うねん」

「それも美味そう……」

涎《よだれ》が垂れそうになる雀だった。

食い倒れて候《そうろう》

「張りきって大浪花見学に行きまっせー！」

「オ―――ッ！」

修繕屋を先頭に、雀と桜丸は大浪花の町へと繰り出した。

「さー。まずは、腹ごしらえやね」

修繕屋は、近くの水路に行くと、川小僧の操る小舟を捉まえた。

「道頓堀《どうとんぼり》まで連れてってやー」

「お、舟で移動するのか」

雀はさっそくメモを取る。

「大浪花は、町中、裏通りにまで水路が通っとるさかい、この一番小さい舟やと、連れが住んどる長屋の裏口まで行けるで」

「いいなぁ〜、舟でどこへでも行けるんだぁ」

広い水路、狭い水路に、大小さまざまな舟が行き交う。小舟の船頭には水魔が多かった。荷物を頭に載せて、水路を泳いでいる姿もよく見かけた。

「大浪花はこないな水の都やさかいに、大江戸よりもずっと、川小僧や水虎《すいこ》なんかの水魔が多いんとちゃうか」

川縁《かわべり》にも、たくさんの化け亀や河童《かっぱ》がいた。川に沿って柳並木があったり、桜並木があったり、提灯《ちょうちん》がずらっと吊られていたり、くぐった橋の裏側に妖《あや》かしが張り付いていてびっくりしたり、次々と展開する水辺の景色が楽しかった。唐風の灯籠《とうろう》や提灯もあった。

「そうそう。大江戸には渡来人が来るけど、大浪花には長崎を経由して、異邦人が来るんやで」

「異邦人？」

雀は桜丸の方を振り向いた。

「海を渡ってくる奴らのことサ。長崎の向こうには、琉球《りゅうきゅう》があって、その向こうにゃあ、唐《から》がある。日本たぁ、文化が違う〝異国〟さネ」

「沖縄と中国……ってこと？」

今度は修繕屋の方を向く。

「まぁ、そうやけど……やっぱりだいぶ違うなぁ。時代としたら、西遊記とか、あそこらへんかなぁ？」

「わかんねぇ。中国の時代劇なんて見たことねぇもん」

「俺もぜんぜん知らんねん。歴史って好きちゃうし。むしろ、こっちの〝唐〟の方が詳しかったりして」

修繕屋は、笑いながら煙管《キセル》に火を入れた。

「面白いのはな、唐には、人型が滅多におらんねん。ほとんどが獣面人身でな、たまに人面がおっても、それは獣面の変身した姿だったりするねん」

「へぇ〜⁉」

「大浪花には唐人が結構おるけど、よう見てみ。人型はおらん。みぃんな獣面人身種やで。渡来人は違うわなぁ、桜丸。人型も多いやろ」

「そうだな。外地から来る奴ぁ、いろいろだなぁ」

「なんか意味があんの？」

桜丸に振っても、肩をすくめるばかり。

「さぁて」

「どぉも、この世界の日本じゃ、人型というのに何か意味がありそうなんやけど、唐はだいぶ違うみたいやなぁ。琉球はまた人型が多いしな」

水路をすすむゆるゆるとした風に乗り、修繕屋の煙管の煙も白い筋となって流れてゆく。

「修繕屋さんの煙草……。それも旦那と一緒だな」

「ああ、これか？　これは、霊草から作った煙草や。術師で吸うてる奴は多いで。次元の間で、こういうものを扱って商売しとる奴がおんねん」

「へぇ〜、そうなんだ」

そうこうしているうちに一行は目的地に着き、舟を下りた。

「あ、お代なら俺が払うよ！」

雀は船頭に舟代を払い、金額をメモした。

「さすが、取材旅行やねぇ。経費で落とすんか」

「旦那のおかげでこっちに来る交通費が浮いたから、懐は滅法界温《めっぽうけえあった》けぇぜ。お代は、全部俺が出すからな。っていっても、俺の金じゃねぇけど」

舟代など細かな経費は大首の親方に請求し、雪消に返金しようと雀は考えていた。

「表通りはこっちや」

水路には二段から三段の水の引き込み口があり、飲み水にする、洗濯をする、野菜や鍋釜を洗うなど、使い分けられていた。

「この水、飲めるんだ」

「大浪花には、水龍《すいりゅう》さんのおる琵琶湖《びわこ》があるからね。水は多いし綺麗《きれー》やし。水の都、陸の竜宮と言われるだけあるやろ。大浪花城も、水の上に浮いてんねで」

「それスゲェ！　陸の竜宮……なるほど！」

こんなにも交通量の多い水路なのに、そこに満々と流れる水は透き通り、陽射しに輝いていた。水路の底にはびっしりと水草が生え、水中花が咲いている。その脇で米や野菜を洗うと、おこぼれを狙って魚や蟹《かに》がわさわさと蠢《うごめ》いた。それは、洗濯をしている時も同じだった。衣類は、「洗濯の実」という植物の実を使って洗うからだ。これは、大江戸でも同じだが。

「そうか……化学洗剤とかじゃないもんなぁ。水が汚れないんだ」

「水龍さんの水やからね、大浪花城も汚れんように気ぃつけてるで。川や水路にゴミを捨てるのは違法やし、水路の中に垢舐《あかな》めをぎょーさん放しとる。こいつらが、舟や水路についた汚れとかを綺麗にしてくれるんや」

「垢舐め⁉」

「大江戸にもおるやろ⁉」

雀は桜丸の方を見て言った。

「ひょっとして……台所とかの隅っこに時々いる……黒い饅頭に足の生えたようなやつ？」

「アア。黒いなぁ、生き物の垢とか水垢とか食い物のカスとかを食うやつだ。だから水場によく出るのヨ」

「うわっ、そうだったんだ！　俺、なんかの虫かと思って追っ払ってた！」

桜丸も修繕屋も笑った。

「まぁ、蟲《むし》といやぁ、そうだがな」

垢舐めは、ごみを食う「蟲」の一種である。他にも、腐敗物を食う、錆を食う、埃を食うなどの蟲がいる。ふだんは自然に発生するものだが、蟲使いによって操ることもできる。

「そやから、大浪花の水路におる垢舐めなんかは、蟲使いに遣わされた〝お仕事をする垢舐め〟なわけやね。身分は公務員やね」

「へー！」

「大江戸でも、ゴミや肥《こえ》の管理は、大江戸城が雇ってる蟲使いがやってるぜ」

「すげぇなー。垢舐めを見る目が違ってきちまうよ」

雀たちが大通りに出ようとする手前で、裏通りに入ってきた、派手な着物を着た
五、六人の女たちとすれ違った。
「あら、修繕屋さんやないの！　今こっちか？」

「オ、姐《ねえ》さん方。ご機嫌さんで」

どうやら水茶屋の女たちのようで、修繕屋の知り合いらしい。

「いっやぁ、こっちエエ男やわあ！」

「魔人さんやん！　うち初めて見るわあ！」

桜丸を見た女たちの目つきが、たちまち燃え上がる。

「俺の知り合いやねん。大江戸から来た……」

言いかける修繕屋をどんと押しのけて、女たちは桜丸と雀に群がった。

「いっやああ、大江戸の人なん！」

「綺麗な男やわぁ～。こんな綺麗な男、大浪花にはおらへんでぇ」

「触っとこ！　今のうちに触っとこ！」

「こっちのボクも可愛いやないのー！」

女たちは大はしゃぎで、桜丸と雀の身体《からだ》を触りまくった。その無遠慮さと声の大きさに、桜丸はともかく、雀は固まってしまった。そんな雀の顔を覗き込んで、三ツ目の女が、二股に分かれた舌を出して言った。

「ボクはもう男なん？　まだやったら、おねーさんがタダしたってもええで～。大浪花へ来た記念にどうや～？」

「あ……え、と……」

その、おおらかを通り越したあけすけさに、雀はドッと冷や汗が出た。

「コレサ、姐《あね》サン。閉口《あやま》った。ガキをからかうもンじゃねぇ」

桜丸にそう言われた三ツ目の女は、三つの目玉をまん丸にして、桜丸の首に抱きついた。

「いやーっ、大江戸言葉、かっこエエわぁー！」

他の女たちも、その上から桜丸に抱きつく。

「もっとなんか言うてぇなー！　聞きたいわあ！」

「うちを口説いて！　口説いてー!!」

「ちょ、ちょ、ちょ！」

修繕屋が割って入る。

「ええ加減にしたってや。この人らは仕事で大浪花に来てはるんや。残念ながら、姐さん方と遊んでるヒマはないねんでー！」

「え〜〜〜〜？」

「そんなん、あんたがどないかしぃや」

「ムチャ言わんといてや！　かなんなぁ」

揃ってほっぺたを膨らました女たちだが、

「次ぁ、遊びで来らぁ。そん時ぁ、よろしく頼むぜ、姐サン方」

桜丸のこの一言で、やっとおとなしく身を引いた。

大声で笑い合い、しゃべり合いながら去ってゆく姿を見送りながら、雀も桜丸も修繕屋も、大きく溜息した。

「……すげぇ迫力だなぁ。大江戸の茶屋や郭《くるわ》の女たちも逞《たくま》しいけど、大浪花の女って、また特別だぁ」

「声がでけぇねェ」

「二人に言うとくで。大浪花の女はな、どんな美人でも、中身はオバハンや！　覚えときや」

雀たちは、やっと道頓堀の大通りに出た。

とたんに、賑やかな太鼓と笛と鐘《かね》の音にぶつかった。派手な着物や達磨《だるま》の被り物の一行が、ドンドンぴーひゃらカンカンと通り過ぎてゆく。

「本日開店、うどんの西ノ屋でございますー！　ケツネうどん一杯十三文、大浪花一お安いどっせ――！　どうぞご贔屓に～～～!!」

七色の紙吹雪とともに、チラシがバラまかれる。

大浪花の大通りは、その七色の紙吹雪のように華やかで煌《きら》びやかだった。真っ昼間からあちこちで灯された、妖火《ようび》の入ったギヤマンの色とりどり。キラキラというよりは、ギラギラして見える。店の前の看板も、屋根の看板も、極彩色《ごくさいしき》だったり立体的だったりと実に派手派手しい。そしてその町並みの最大の特徴は、食い物屋が圧倒的に多いこと。昼時とあってか、呼び込みの声も賑やかだった。

「うどん、お寿司、昼定食いろいろ取り揃えてまっせー！　お越しやすー！」

「夏の疲れを鰻で取りまひょ。大蒲焼きはいかがでっかー！」

またその声のでかいこと。さらに、通りを歩く大浪花っ子たちが交わす声も負けじとでかく、通り全体がわぁわぁとざわめいて、まるで喧嘩《けんか》をしているようだった。

「大江戸っ子も、男は声がでかいけど、大浪花っ子には敵わない感じがする」

「しゃべる量が違うからや。大浪花っ子は、二人おったら延々掛け合いやっとるからなぁ」

「そういうとこ、元の世界と似てるよな。関西人って、みんな漫才ができるんだろ？」

「アホなこと言うたらアカン。関西人がみんな漫才師みたいやなんて、そらエライ誤解でっせ。俺なんか、メッチャ標準語やん」

「アハハハハ！」

雀と桜丸は、修繕屋が案内した飯屋に入った。床几《しょうぎ》に座る三人を見て、客たちがちょっと驚く。

「お、人間が二人もおる！」

「魔人や。こんなとこで見るのは珍しなぁ」

「なんとまぁ、綺麗な魔人もおったもんや」

お多福の面そっくりな顔をした、女将《おかみ》らしい女が茶を持って現れた。

「おやまぁ、修繕屋さんやないの。久しぶりに顔出したと思たら、珍しいお連れさん連れてからに」

「女将さんのうどんが食べとなって戻って来ましたがな。こっち、大江戸からのお客さんや」

「大江戸からてか！　そらぁ、ようお越しやす」

女将のふくよかな体型にうさ屋を思い出し、お多福そっくりな顔に、お多福面の者を思い出して笑顔になる雀だった。

「先におでん頼むわ。豆腐多めで。あと、う巻きとぬる燗《かん》な」

「アイヨー」

「おでんにぬる燗たぁ、有り難《がた》山の時鳥《ほととぎす》」

嬉しそうな桜丸。

雀は店内を見回した。出入り口も、格子のはまった窓も大きく、明るい店内。棚の上には招き猫がズラリと並び、「商売繁盛」と書かれた札もズラリと貼られていた。床几には赤い布が掛けられ、座敷を仕切る屏風《びょうぶ》も、安っぽいが鮮やかな色使いで武者絵などが描かれている。

「大浪花って……何もかも派手なんだなぁ」

店内をスケッチしながら、雀が言った。修繕屋が頷く。

「大浪花っ子は、華やかで賑やかなのが好きやね。色はくっきり鮮やか、形は目立つもの、音は大きく。とにかくこう、わかりやす〜いのがええんや。あと、気取らんっちゅーのもポイントやね。庶民は、上の方のしゃちこばったもんを嫌う質《たち》やから、庶民の文化と上流の文化は、ハッキリ分かれてるわ」

歌舞伎は庶民の見るものではなく、道頓堀のような庶民の町を上級武士が歩くこともあまりない。上魔である魔人をあまり見かけないのも、こういう理由からだった。

「上の方の侍とか金持ちの商人が行くんは、北の町やね。大浪花っ子が上流を嫌うんは、お上への反骨精神っちゅーのもあるけど、神舞いに代表される上品な京文化には憧れるとか、愛憎半ばしてるとこがあるなぁ」

「大江戸っ子も似たようなもんだと思うんだけど……。何が違うんだろ？」

「文化の爛熟度《らんじゅく》は、大江戸の方が上や思うわ。大江戸の方が、ちょっと大人っぽいかな」

「ふ〜ん」

雀は興味深そうに頷いた。

「お待ちどぉさま。おでんにう巻きにぬる燗！」

「来た来た！」

桜丸は舌なめずりした。

「まーまー、とにかくまぁ、この豆腐を食うてみて」

桜丸にぬる燗を注《さ》しつつ、修繕屋はおでんの豆腐を勧める。雀は、かつおぶしと葱の載ったところをパクリと食べた。

「んんん、うンめぇ〜〜〜！」

「やろ〜？」

ほとんどただのお湯のように見える、薄い薄い汁。しかしその味はしっかりとして、とても奥深かった。豆腐も、汁が染みていないぐらいあっさりとしているが、口の中をつるっと通過する時に、汁の旨味を舌の上に残してゆく。

「なんでこんなに薄味なのに、こんなに美味《うめ》ぇんだ!?」

「確かに美味《うめ》ぇ！」

桜丸も唸った。

「そらあもぅ、そこが秘伝の出汁の力なわけやね。出汁を丁寧にとった薄味は、大浪花の料理の真骨頂でっせ。なんせ出汁に欠かせん昆布そのものが、大浪花名物やさかいに」

修繕屋は得意気に解説した。

「この豆腐、何丁でもいけるよ！　あっ、ちくわも。あっ、こんにゃくも美味《うめ》ぇー！」

「大根がまた、たまンねぇな」

「女将、おでんうどん三つ。それと函《はこ》寿司な。海老と穴子で」

「アイヨー」

「おでんうどんって何？　はこずしって何？」

「このおでんの汁を使《つこ》て作るのが、おでんうどん。これはこの店のオリジナル。函寿司は、木の枠に寿司飯とネタをつめて、上からぎゅって押して作る押し寿司のことや。大江戸にもあるやろ。棒寿司とも言うけど。大浪花じゃ、寿司というたらこれやね」

「うどんと一緒に寿司を食うのかぇ？」

「うどんと寿司がまた合うねんて！　まぁ、食うてみてって！」

修繕屋が力説した通り、寿司を食いながらうどんをすすると大層美味かった。

「うん……うん！　酢飯の酸っぱさとうどんの汁の味が、すんげー合うよ！　俺、このうどんも何杯でも食えそうだあ！」

薄味の汁とともに、つるつるとしたやや平たいうどんが、いくらでも喉の奥へと入ってゆく。そしてその後に、出汁の深い味わいが残る。

がつがつ食う雀を見て、客たちが笑った。

「おまはんの世界には、うどんは無いんか？」

「あるけど、ここのうどんはスゲー美味《うめ》ぇよ！　寿司も美味ぇよ！」

「ほーか、ほーか」

「嬉しいこと言うてくれるやないか。おっちゃんのバッテラも食べるか？」

「女将、この子にアレ出したって。こんにゃく甘辛《あまから》う炊いたやつ出したって」

客たちが、アレもコレもと雀に奢《おご》ってくれた。その様子を見て、修繕屋は桜丸に言った。

「あんたが姐さん殺しなら、雀はオッサン殺しやな」

「違《ちげ》ぇねエ」

桜丸は、首を振りながら肩をすくめた。

「おっ、修繕屋やないかい。またこっち来とんのか、お前もヒマやのう！」

店に入ってきた鼬面《いたちづら》が、修繕屋の知り合いのようだった。とても早口だった。

「今日はヒマとちゃうわ。大江戸から来た客人の接待しとんねん」

「うおっ、魔人やないか！　ビックリした、ビックリしたあ！　魔人なら北やろが。北へ行けや」

「大江戸の人には、そんなこと関係ないねん。もうええから、飯食うて早よ帰れや」

「そないなイケズ言いないな。あれ、このボーズはお前の子どもか？　いつ生んだんや？　代貸し怒るで」

「生んでへん！　俺はあっちでもこっちでも出産なんかする気ないからな。代貸しによう言うとけ。だいたいなんやねん、あのぬっぺら坊、姐さん恐いんちゃうんか。前にも出刃《でば》で刺された、ゆうてたやろ」

「出刃で刺されたぐらいで死ぬかいな。身体《からだ》ん中で、大事なとこ動かせるんやもん。腕や足切られたかて、また生やしまっせ〜」

「いっぺん燃やしたったらええねん」

雀は、修繕屋と鼬面の遣り取りに啞然とした。何をしゃべっているのかわからないほどの早さと調子。元いた世界で見た大阪漫才を思い出した。二人の会話は、一瞬の間にすごい量をしゃべり合っているように聞こえた。修繕屋が先ほど言った、大浪花っ子はしゃべる量が違う、二人いれば掛け合いをする、ということはこういうことなのだと実感した。

「よく聞き取れねぇが、なんぞ物騒なことを言ってるようだなァ」

桜丸の言うことに、雀は、口をぽかっと開けて頷くばかりだった。

昼飯を腹一杯食った一行は、道頓堀をぶらぶらと歩いた。行き交う大浪花っ子は若者が多かった。

「魔人や！」

「魔人や。珍しっ」

「かっこエエ～」

「こないなとこで何やっとんねん」

上魔に対する愛憎半ばする思いを、大浪花っ子たちは無遠慮というか正直というか、あけすけに表現する。それはもう、すれ違うもの、すれ違うもの、ことごとくが何らかの反応を大袈裟《おおげさ》ともいえるほど示すので、雀にはまるで「皆で示し合わせてる」ように見えた。

「リアクションがオーバーなんも、大浪花っ子の特徴やねぇ〜。まぁ、桜丸が、大浪花っ子が思てる魔人よりも砕けてるっちゅーか……。大浪花には、着流しで下町ふらふらしてるような魔人は、あんまりおらんからなぁ」

「上魔っていぇだけで嫌われるンじゃ、間尺に合わねぇなぁ」

あからさまに嫌そうに睨んでくるものを見て、桜丸は苦笑いした。そういうものは大江戸にもいるが、大浪花では数が多いようだった。

「道頓堀は、大浪花の庶民の文化が一番集まったとこでな。その最たるもんは、食い物屋と芝居小屋や」

派手な幟《のぼり》を針山の針のように立てた芝居小屋や見せ物小屋が、ひしめきあうように建っていた。

「大浪花芝居の一番人気は、人情お笑い芝居《もの》と、漫才やね」

三人は、小屋に掲げられた演者たちの名札を見上げた。一枚看板の役者の絵もあったが、蘭秋や藤十郎のような、見るからに美形役者ではなく、女は愛嬌、男はひょうきんといった風情のものだった。

「大江戸の萬歳《まんざい》とえらく違うと言ってたなぁ。落語みてぇなもんかェ？」

「大浪花じゃ、落語は上流の娯楽でなあ。北や京で、武家の奥方とかが、上品にクスリっと笑うものなんや。大浪花の漫才は、一人、または二人で面白《おもろ》いことをしゃべり合う芸のことや。もとは大江戸の萬歳みたいに〝言祝《ことほ》ぎの芸〟やったんやろけどな」

雀は、メモやスケッチに忙しい。

「百聞は一見にしかずや。ちょうど出し物が始まるとこやし。見てみよか」

修繕屋にそう言われて、芸人二人の漫談を見た雀と桜丸だったが、雀は、先ほどのうどん屋で、修繕屋と鼬面が交わしていた会話の再現を見るようだった。しゃべり方も、早さも調子も、おそらく話している内容も、芸人ではない修繕屋と鼬面の会話とこの芸人との区別がつかなかった。

「なんか面白いことを言ってるみたいなんだけど、わかんなかったよ！　話の内容聞き取れねぇし！　しゃべる早さについてけねぇし！　だいたい修繕屋さんのしゃべりと、どこが違うわけ？　俺には同じに聞こえちまうよ。やっぱり関西人は、みんな漫才師なんだ！」

「ちゃうって」

修繕屋は笑って否定した。

「桜丸は結構笑ってたよね」

「アア。何言ってるかわかんねぇのはそうなんだが、面白《おもしれ》ぇって波動は伝わってきたからヨ」

「くっそ～。ズリ～イ」

つまりそこが、素人と芸人の違いだったようだ。

芝居小屋が林立したあたりにも、その隙間にさまざまな飲食店や屋台があった。

「わー、いい匂い！」

醤油の香ばしさに、雀がふらふらと屋台へと惹かれてゆく。

「オ、鍬《くわ》焼きやね。まさに庶民の味」

細串に刺した野菜や鶏肉のつくねなどを鉄板の上で押さえつけながら焼き、平たくしたものに醤油で味付をした鍬焼きは、もとは農民が鍬の上で焼いたことが始まりだという。醤油のいい色に焦げた蓮根を見た雀は、たまらず叫んだ。

「美味そう～！　蓮根とつくね、おくれ！」

桜丸がぎょっとする。

「お前《め》ぇ、さっきさんざんっぱら食ったばかしじゃねぇか」

「こういうのは別腹だよ、別腹」

「呆れが宙返りだねエ」

「蓮根、美味《うめ》ぇえ！」

「甘味はどや？　きんつばの美味い店があるでぇ」

「行こう行こう。そこへ行こう」

手にした蓮根とつくねの鍬焼きを交互に食いながら、雀は修繕屋の後についてゆく。

「歩きながら食うのって美味《うめ》ぇ〜」

水路に面した茶屋で、行き交う舟を見ながら、雀は鍬焼きの後にきんつばを食って幸せだった。小豆《あずき》の塊のようなきんつばは、大層食べ応えがあった。桜丸は、一個を食べあぐねた。

「こいつぁ、腹にずっしり来るぜ」

雀は、食べたものの形や色、味の感想などを細かく書き留めてゆく。キュー太に美味そうな絵にして貰わねばならないのだ。桜丸の感想も、帳面の隅に書いておいた。

♪　ヤレサー　伏見下れば淀《よど》とはいやじゃ　ヤレー
　　いやな小橋をとも下げに　ヤレサーヨイーヨイヨー

船頭がいい声を響かせながら、のんびりと舟を漕いでゆく。洗い物をしながら声高にしゃべくり合っている女たち、一休みしているボテ振り、子化けたちが団子になって遊んでいた。大江戸っ子と変わりない、大浪花っ子たちの日常。いつもの午後。向かいに並んだ建物の屋根を大きな蜘蛛《くも》男が這って行くのも、その上を空飛脚《そらひきゃく》が横切ってゆくのも、大江戸のこんな午後と同じ。

「なんか……雷馬が来るなんて思えねぇな。みんな何も知らないから当たり前だけどさ」

雀がぽつりと言った。そして、ふと心細くなった。

「大丈夫だよな⁉」

「大丈夫《でえじょうぶ》だヨ」

桜丸は軽く言う。修繕屋も頷いた。

「大浪花見聞録は、この世界最高の術師軍団が、雷馬っちゅー、どでかい力を退けるスペクタクルで締めくくれるで。かわら版屋冥利《みょうり》に尽きるなぁ」

高位の術師二人のお墨付きをいただいて、雀はあらためてホッとした。

修繕屋が、吹かしていた煙管《キセル》をコツンとやって立ち上がった。

「さあ、次は唐人町へ行こか！　肉まんとかラーメン食えるで、雀」

「えっ、ホント!?　ヤリー！」

「まだ食うのか!!」

桜丸は、ひっくり返りそうになった。


案内された唐人町は、唐人の経営する飲食店や雑貨店が、二十ほど軒《のき》を連ねた場所だった。店構えも唐風で、朱色の柱や格子に唐提灯、金色の敷物、毒々しいぐらい鮮やかな、大きな造花が飾られているなど、異国情緒が溢れている。

「うわー、また別世界に来たみたいだー」

「長崎には、もっとでかい唐人町があるで」

「肉饅頭イカガー？　唐蕎麦《からそば》イカガー？」

呼び込みをする唐人も、町を歩く唐人も、修繕屋が言った通り、皆獣面人身だった。ちょっと探してみたが、虫化けや鬼面や目玉妖などはいなかった。

「肉まん言うても、鶏肉やけどな。この日本じゃ、豚肉は主流やないし、牛肉は上流階級の食いもんや。値段もお高い。唐じゃそうでもないみたいやけどな」

「鶏肉でも、ぜんぜん美味《うめ》ぇよ、この肉まん！　あー、懐かしい味だー」

口いっぱい頬張って、雀はVサインを出した。

「ラーメンも、俺らが思てるような味やで。ちょっと薄味っちゅーか、素朴な味やけどな」

「ふんふん」

口をもぐもぐさせながら、雀はメモを取る。桜丸がげっそりと言った。

「見てるだけで胸焼けがすらあ」

それから雀たちはまた舟に乗り、水路から大浪花を見物しながら修繕屋の庵へと帰って来た。

その夜は、修繕屋の作るたこ焼きを、これまた腹一杯堪能した雀だった。

「関西人は、みんなたこ焼き焼けるねん」

と言う修繕屋の言葉通り、その腕前は本職かと思うほどだった。鉄板の丸い窪みで、たこ焼きをくるりくるりと転がす手際の見事なこと。雀は惚《ほ》れ惚《ぼ》れと見た。

そして、雀が久々に食べたその味は、懐かしさそのもの。いつか、遠いどこかに置いてきた記憶の欠片《かけら》がたちまち手の中で光り輝きだして、いろんなことが鮮やかに蘇った気がした。雀は、ソースと青のりとかつおぶしの香ばしさの中に、あの時一緒にたこ焼きを食べた仲間の顔を思い出した。暗い思い出ばかりの雀の記憶の中で、たこ焼きを頰張る仲間は、珍しく普通の子どもの顔をしていた。

「美味《うめ》ぇ……。美味《うめ》ぇよ、修繕屋さん！」

感激に泣きそうになる雀を、鬼火の旦那によく似た表情で、修繕屋が笑って見ていた。

桜丸はというと、腹が一杯でたこ焼きはあまり食べられなかったものの、ビールを珍しそうに飲んだ。だがそれも、大層腹にこたえたのだった。

雀の「大浪花見聞録」初日の手帳は、食い物のことで埋め尽くされた。

水を飲みて源を知る

翌日。修繕屋の庵に泊めてもらった雀は、爽やかに目覚めた。深夜、さすがの大浪花の町も静まると、すぐ近くの水路を流れる水の音が微かに聞こえ、その涼やかな音色を枕に雀は気持ちよく眠れたのだ。

障子を開けると、庭の空気はしっとりとしていて、肌に優しく触れてきた。水の匂いがした。乾燥しがちな大江戸とずいぶん違うものである。

「陸の竜宮かぁ」

水を飲もうと台所へ行くと、小さな台所にも、三段に分かれた水の引き込み口があった。水路から引き込まれた水は、段々になった三つの枠へちろちろと流れ落ちていた。三段目の枠は水路と繋がっており、そこには大きめの魚が四、五匹揺らめいていた。

「ははぁ、こいつらが野菜くずとか米粒を食うんだな」

「お、早いな、雀」

台所の裏口から、上半身裸で肩に手拭いを掛けた修繕屋が入ってきた。

「おはよ、修繕屋さん」

修繕屋の身体《からだ》を見て、雀は一瞬奇妙に思った。

「そか。入れ墨がナイとか思っちまった」

苦笑いする雀に、修繕屋も笑った。

「あの入れ墨は色っぽいね。俺も首筋とかに入れよかなー」

「魔人って、なんだと思う？　あ、湯飲み貸してもらうよ」

「さぁー。この世界独自の生命体というか、定義というか、ようわからんなぁ。鬼道の話になると、入り込めん部分も多いしなぁ～」

「ふ～ん。うわ、美味《うめ》ぇ～、この水！」

「大江戸みたいに汲《く》み置きちゃうからな。それだけでも味が違うで」

「うまくできてるよなぁ、これ。一段目は飲んで、二段目で野菜を洗って、三段目で鍋を洗って……。水は汲みに行かなくてもいいしさあ。長屋とかも、全部こうなってんの？」

「長屋の部屋それぞれが、こうなってるわけちゃうな。こういう引き込み口はあるけど、各長屋に一ヵ所ってとこやね」

「でも、やっぱり井戸より便利だよなぁ。羨ましいなぁ」

「その代わり、大浪花は湿気が高いから、黴《かび》がよう生える。そやから、毛羽毛現《けうけげん》がよう出んねや。そらもう、大江戸の何倍も出るんちゃうか」

毛羽毛現は、湿気があり、黴が生えるような場所に出る妖怪で、これがさらに汚れや病を生むので嫌われる。毛羽毛現がいると垢舐めたちも寄ってこないので、屑《くず》拾《ひろ》いなどに毛羽毛現を取ってもらわねばならない。屑拾いたちは、長い拾い箸で手《て》鞠《まり》ほどの大きさの毛の塊をひょいと摘み、背負った駕籠《かご》へ入れていく。集めた毛羽毛現は火で燃やすという。

「俺も、この庵に来る時は、まず毛羽毛現が出てないか、天井裏とか床下とか調べるんやけど、いっつも出てるもんなぁ」

「うちの長屋は、そんなに日当たりもいいっていえないとこだけど、毛羽毛現が出たって聞いたことないなぁ。前に一匹拾ってきて、大家さんに怒られたけど」

修繕屋は笑った。

「朝飯食うんなら、飯炊けてるで。おかずは、水路に煮《に》売船《うりせん》がウロウロしてるから買えばええわ。野菜とか魚とか、舟で売りに来るねん。漬け物とか煮物とかも売ってるで」

修繕屋にそう言われて、雀は庵の裏へ出てみた。隣近所や向かいの家々から煙が立ち上っている。魚を焼く匂いがする。水路の引き込み口には、野菜や米を洗う者、歯磨きをする者たちの姿があった。まだあまり舟も出ていない水路の水面がキラキラと朝陽を反射し、青々とした水の底に、満開の白や黄色の水中花が揺れていた。

「綺麗だなー」

「野菜〜、豆腐〜、卵はいりまへんか〜。いかなごの釘煮《くぎに》〜、水茄子のお漬けもんはいりまへんか〜」

船行商の煮売船がやって来た。雀は、卵を二個といかなごの釘煮、水茄子の漬け物を買った。

「うンめぇ！　この釘煮っての、メッチャ美味《うめ》ぇ！」

甘辛く煮たいかなごの佃煮《つくだに》を炊きたての白飯に載せると、何杯《なんばい》でも食えそうだった。

「明石名産いかなごの釘煮。旬は春やけどね」

修繕屋は、縁側で煙管《キセル》を吹かしている。朝陽を受けて少し陰になったその姿は、本当に鬼火の旦那そのものだった。煙を吐く時の首の傾げ方も片膝を立てる仕草も。雀は、まるでそこに旦那がいるような気分になる。体格も違うし、年齢も違うようだし、口を開けば、修繕屋は旦那に比べて遥かに軽い。それでも、その存在から伝わる気配にふと顔を向ければ、修繕屋の横顔や背中や指の先に鬼火の旦那が重なって、雀はどきりとした。これが、旦那の言っていた「視《み》える奴には俺と修繕屋はまったく同じに視える」ということなのだろう。

（不思議だなぁ……）

もし……もしも、自分がこの世界に落ちてこずに元の世界にいたままだったら……。自分はいつか、修繕屋に会っていたのだろうか……。そんな考えが、つい雀の頭をよぎる。

その時、自分はどうなっただろうか。鬼火の旦那に救われたように、修繕屋に救われただろうか。

雀は、軽く頭を振った。

「なぁなぁ、修繕屋さんって何年の世界から来たんだい？」

雀は修繕屋と、ひとしきり元の世界のことを話した。

しばらくして、桜丸が起きてきた。

「オハヨー、桜丸」

「おはようさん」

「アー」

桜丸は、だるそうに頭を掻いた。

「俺、もう朝飯食っちゃったもんね。卵かけご飯と佃煮がメッチャ美味くてさあ」

「昨日あンだけ食って、朝飯まで食うなんざ閻魔《えんま》の笑い顔だ。俺ぁ、まだ胸がつかえらあ」

「どら、梅茶淹れたろか」

光と水の匂いの満ちる縁側で、三人は渋い梅茶をお伴にのんびり過ごした。

「さっき修繕屋さんと話したんだけどさぁ、修繕屋さんの時間って、俺の居た時間から十年ぐらい未来だったよ。それに、修繕屋さんって、あっちじゃ東京ってか江戸に住んでるんだって」

「そんなに空《あ》いてねぇんだな。十年前のどっかで会ってるンじゃねぇか？」

「こんな着流し着た奴、会ってたら覚えてるって！」

雀は修繕屋と笑い合った。

「さー、今日は水の上から大浪花を見て回ろか。ちょうど、住吉大社で祭りもあるしな」

「祭り！　いいねぇ」

昼ちょっと前に、一行は、小さいが屋根のついた舟に乗り込んだ。

「まずは、大浪花城を見学や。午前中だけ門が開いてるさかいに、外堀までは入れるんや」

積み荷を満載した船が行き交う間を縫いながら、化け獺《かわうそ》が操る舟は大浪花城を目指して進む。秋の初めの川風が心地好かった。桜丸は横になって寝こけている。舟は、いくつもの角を曲がり、橋をくぐった。

大きな丸い水の広場があり、そこから何本もの水路が四方へ延びていた。

「おお～！」

「ロータリーやね」

「ほんとに、どこへでも船で行けるんだなぁ」

広場の中央には、大きな噴水があった。水の幕がざぁざぁと音を立てて流れ落ち、その周りにいくつもの虹が立っていた。雀は、思わず身を乗り出した。

「うわー、噴水だあ！　さすが水の都、陸の竜宮」

噴水をぐるっと回り、水の広場から別の水路へ入りしばらくすると、景色がぐっと渋くなった。原色の派手な看板や飾りが消え、大江戸の武家屋敷のような雰囲気が漂う。

「ここらへんが、北と呼ばれる町や。大浪花城と近いんで武家屋敷も多い。その上流階級の方々御用達《ごようたし》の店が密集してるねん」

「ホントに道頓堀と対照的だね」

橋の上を行き交う者たちの着物もそうそう派手派手しくなく、おしゃべりをし合いながら歩いているのは道頓堀と同じでも、やはりそこは上品さが窺《うかが》える。行き交っている者たちは、上級武士にその家の者、大浪花城に出入りする者たち、大店《おおだな》の商人《あきんど》などだろう。

「あ、魔人だ……！」

雀は、大浪花に来て初めて魔人を見た。着流しだが、ぱりっとした上物を纏い、髷《まげ》をきちんと結っている。こちらをチラリと見た顔半分に、入れ墨があった。

「お、見てみ、雀」

修繕屋が煙管で差した先に、「御触書」が立っていた。

『明日、二十日。終日全空域飛行禁止、全海域航行禁止とする　大浪花城』

「飛行禁止令と航行禁止令が出てるで」

「いよいよだなぁ」

大浪花城近くの船着き場に着いた。寝こけている桜丸を船に残して、雀は修繕屋と大浪花城に向かった。城を囲む森を抜けてゆく。

「城壁には四つの門があって、毎日一ヵ所が午前中だけ開いてるんや。大浪花っ子は上流のもんを嫌うけど、大浪花の殿さんは人気あってなぁ、みんな結構大浪花城を見に行くんや。殿さんに会えるわけちゃうけどな」

「へー。お殿さんは、なんで人気あんの？」

「気取らんからやろなぁ。日本を支える四つの力の一つを担ってる実力者やのに、そんな風にぜんぜん見えん小《ち》っこいオッサンやし、気ぃも小《ち》っさいし、たまに外をウロウロしてるしな」

「将軍が城の外をウロついていいわけ？」

「あんまりええことないんやろけど……。まぁ俺らの世界のドラマみたいに、命を狙われるっちゅー心配はないんとちゃうか⁉」

修繕屋も雀も首を傾げた。

「そういやあ、旦那が、修繕屋さんは、その大浪花の将軍と知り合いだって言ってたけど、どうやって知り合ったんだい？」

「ああ。外で会《お》うたんや」

修繕屋がこの世界に来始めた頃だった。遠くて近い異世界が珍しく、毎日のように大浪花の町をふらついていた。

ある日。花見に訪れた桜之宮境内《さくらのみやけいだい》の大池の畔《ほとり》で、修繕屋は、大池に出ていた舟の中から声を掛けられた。

『ちょ、ちょ、ちょお、見てみ！　人間や！　人間が歩いとる！　ちょお、待ち。そこの人！　そこの煙管《キセル》咥えた兄ちゃん！』

修繕屋の近くに舟が寄せられ、中から顔を出した小さな侍が、西方、大浪花の将軍だった。修繕屋は、まさかその軽い物言いの、自分の背丈の半分ほどしかない者が、この国の最高権力者だとは思いもしなかった。

『なんぞ用でっか？』

西方は、つぶらな目を輝かせて言った。

『なんで人間がここにおるん？　どうやってここへ来たん？』

『どうでもよろしいやん。別に怪しいもんとちゃいますよって。見学に来てるだけですわ』

『お、なんや、おまはん。魔道士か？』

西方がそう言ったとたん、

『お下がり下さい、殿』

と、西方を庇《かば》うように、濃紺の着物を着た灰色の狼面《おおかみづら》が、修繕屋の前に立った。

「西方はんは、ホンマ軽〜い、面白《おもろ》〜いオッチャンなんやけど、この護衛についてる鳴雷《なるかみ》いう狼面の侍が、メッチャ恐いねん。ハッて気ぃついた時は、もう顎の下に刀の切っ先突きつけられててなぁ。一ミリでも動いたら叩っ斬るぞーってオーラがバンバン出てて、ホンマ冷や汗かいたわ。全身カミソリみたいな奴っちゃでぇ」

雀は、同じ狼面の侍でも、百雷とずいぶん違うなぁと思った。もっとも、百雷とてやる時はやる実力はあるのだろうが、生憎そんな場面を見かけたことがなかった。

舟縁に片足を乗せた体勢で、鳴雷は修繕屋に刀を突きつけている。舟がゆらりとでも動いたら、それだけでさくっと首を斬られそうで、修繕屋は気が気ではなかった。

『まーまー、ちょお待ちぃや、鳴雷』

『魔道士とは聞き捨てなりません』

修繕屋は、汗だくで言った。

『いや、ホンマに。俺が魔道士なんは、別に深い意味はありません。この世界に来たんは偶然で。大江戸の人に教えてもろたんですわ。目的があって来たわけちゃいまっせー』

『大江戸の者？』

『鬼火っちゅー魔人さんですわ』

西方は、丸い目をクリッとさせた。

『鬼火!?』

『ご存じなのですか、殿？』

『鬼火……。あの鬼火かなぁ……』

そして修繕屋は舟の中へ招き入れられ、西方と長々と話をした。

「いや〜、あんな小《ち》っこい軽〜いオッチャンが将軍様やなんて。思わず、はぁー？とか言うて、鳴雷に睨まれたわ」

「アハハハ」

「上様とは、それからの付き合いや。いつも外の話してくれ、外の話してくれてせがまれるわ。西方として、ずーっとこの世界を支え続けなアカン人やさかいに、俺みたいにあちこちの世界を渡り歩く奴が羨ましいんやろなぁ」

雀は、ふと雪消を思い出した。雪消も雀の話を聞きたがる。牢屋の外のこと、雀の元の世界のこと。死ぬまであの小さな世界から出られぬ身だからこそ。その宿命を受け入れているからこそ。

森を抜けると、目の前に巨大な黒塗りの門が現れた。

門をくぐると、煌めく湖の中にそそり立った、白亜《はくあ》の城が見えた。

「これが、大浪花城!?　綺麗じゃーん！」

雀の予想とはまるで違う、楚々《そそ》とした外観。おもちゃのような大江戸城とは、その印象も大きさも正反対ぐらい違う。あの道頓堀の派手さからも遠くかけ離れていた。

「俺もっと……大江戸城よりもっとオモチャっぽい城かと思ってたよ」

大浪花城は、大きな湖の中央に浮かぶように建っていた。その湖が「内堀」で、内堀を囲んで堤があり、その外がわに「外堀」があり、外堀と城壁の間の細い通路が、雀たちが立ち入っていい場所だった。

「大浪花っ子が住んでるとは思えんような、小綺麗な城やろ。この世界じゃ、大《おお》出雲《いずも》の白鷺城《しらさぎじょう》が一番綺麗やそうやけど、大浪花城は二番目ぐらいに綺麗なんやて」

「うん。すっごい綺麗だよ。大江戸城よりずっと小さいけど」

「まぁ、外から見える大きさは、あんまり関係ないけどな」

堤の上には、見張り番がいた。外堀は相当深そうで、底の方が真っ暗だった。巨大な魚影が見えた。通路には、ちらほらと大浪花っ子がいて、城を眺めている。雀は大浪花城の様子をスケッチし、色などの指定を細かく書き込んだ。

「そういやぁ、大浪花にもかわら版屋はいるんだよな。雷馬のことは報《しら》されてないから、その場で取材とかできねぇんだよなぁ。悔しがるだろなぁ。大浪花城は、後から詳しい情報とか出してくれそう？」

「出すやろ？　特にマズい事とかなさそうやし」

大浪花城を見学し終えて、雀と修繕屋は舟へ帰ってきた。桜丸はまだ寝ていた。煙管を吹かしていた船頭に、修繕屋が言った。

「住吉大社へやってんか」

住吉大社では、小規模の祭りが催《もよお》されていた。提灯が吊られ、御輿《みこし》を担ぐ男たちの威勢のいいかけ声が響いている。雀たちの目の前を、金銀の紙吹雪を撒きながら、祭り舟が通り過ぎて行った。

「ここは祀《まつ》っとる祭神が多いんで、年に七十とか八十も祭りがあるんや。今日の祭りは小さいけど、来月にはでっかいのがある。そらぁ、賑やかやでぇ」

「大江戸っ子も祭りが好きだけど、大浪花っ子も同じだな」

「この世界は祀られてる神仏がごっつ多いさかいに、毎日どっかで祭りがあって、みんな忙しそうや」

修繕屋と雀は笑った。

道ばたにそっと祀られた小さな道祖神《どうそじん》から四大神霊まで、大江戸も大浪花も町中が神仏だらけである。この世界の者たちは、それぞれが属している神仏とともに日々を暮らしている。

「田楽餅くらわんか〜、鍬《くわ》焼きくらわんか〜」

そう掛け声を掛けながら、舟が寄ってきた。

「通称〝くらわんか船〟。煮売り船と同じで、要するに食べ物を売る舟行商やね。なんか買《こ》うていって、大和川でも下りながら昼飯にしよか」

炙《あぶ》った餅に味噌をまぶした田楽餅、焼いた握り飯に味噌を塗ったもの、鍬焼きを何本か、そして酒を買い込んで、舟は大和川へと出た。

「うわー、気持ちイ――――!」

広々とした川面。柳と桜の並木の向こうに、ずらりと並んだ蔵の白い壁。遠くに山々の影。川面を渡ってくる風は、やわらかく雀の頬を撫でていった。

「エエ眺めだなァ」

桜丸はやっと起きて、さっそく一杯やっている。

漁をしている小舟。のんびりと釣り糸を垂れている浪人笠《ろうにんがさ》。時折、水面に巨大な背びれが浮かぶ。水魔が泳ぐ姿もあった。

川の水は変わらず美しく、ゆったりとたゆたう豊かな水草の中を、たくさんの魚たちが群れていた。初秋の空気は透き通って、遠くの畑で作業をしている者たちの様子もよく見えた。

「俺らの元の世界じゃ、こんな綺麗な景色や、のんびりした空気はそうそう味わえん。千年たってもこの景色が変わらんっちゅー時間の遅さが羨ましい時があるわ」

修繕屋の吹かす煙管の煙も、ゆっくりと流れてゆく。特に漕がなくてもゆるゆると進んでゆく舟。船頭の獺《かわうそ》も、船尾にちょんと腰を掛けて弁当を広げていた。

雀は、味噌を塗った握り飯の美味《うま》さを噛《か》みしめた。噛むほどに、飯と味噌の美味さがじぃんと身体《からだ》に広がってゆく。

「修繕屋さんにたこ焼きを食わせてもらってスゲー嬉しかったし、他にもカレーとかスパゲティとか食いたいもんはあるけど、食いたくてたまらねぇかっていうと、そうでもねぇんだよなぁ。それはきっと、ここで食うこういう飯が、すごく美味いからだと思うんだ。こんな綺麗な空気と水でできた食い物をさ、こんな綺麗な景色の中で食うんだぜ。すげぇ贅沢だって思うんだ」

修繕屋と話した元の世界の話は、雀にとって懐かしく、楽しく、驚くこともあった。十年後の世界を見てみたいとも思った。本来なら何百年もずれている雀の時間も、修繕屋と一緒なら、たった十年違うだけの地点へ戻れるのだ。

雀は自分の胸に、深く、深く問うてみた。冷静に、客観的に問うてみた。

（俺は、元の世界に戻りたいか――？）

鬼火の旦那と修繕屋が出会った奇跡は、雀のためか？　雀が元の世界へ戻るためのの？　この奇跡はそう告げているのか？　では、なぜ旦那は修繕屋を雀に紹介しなかったのか。その時には、雀はもうこの世界で生きていくことを決意していたから？　雀は、静かに頭を振った。

（違う――。修繕屋さんに頼らなくたって、旦那はきっと、俺を元の世界の元の時間へ帰すことができるんだ。本当はそうできるんだ。俺が望めば、いつだってそうできるんだ……）

修繕屋と会って初めて、雀はそう確信した。

『意味があったと……それは、お前しか知らない……』

雀は、修繕屋の方をくるりと振り向いて言った。

「そうそう！　俺、京都の華節師匠って人にも会いたいんだけど、なんとかなる？」

「華節？　神舞いの華節か？」

「そう！　大江戸の知り合いが会ってきてくれって。手紙を託《ことづ》かってんだ」

「華節なら、今、この近くにおるで」

「えっ、そうなんだっ⁉」

「生玉弁財池《いくたまべんざいいけ》で奉納舞いやっとるんや。生玉神社には神楽《かぐら》の大舞台があってな、年に何回か奉納舞いが催されるねん。華節が舞う時は大騒ぎやで」

「ラッキ――ッ！」

一行は、生玉神社へと向かった。

夕刻からの舞台を前に、生玉神社には、早や大勢の客が詰め掛けていた。本社の後ろに設けられた大舞台は蓮池の上にせり出していて、池の周りを客たちがびっしりと取り巻いている。水魔の中には池の中から見ようとする者がいて、神官に注意されていた。

社務所で藤十郎の手紙を渡し、華節に取り次ぎを願ったところ、弟子らしい者が雀たちを奥へ案内してくれた。桜丸が、上機嫌でにやにやしている。

「いや～、楽しみだぜェ。あの伏見の土御門に勝るってぇ美形を拝めるなんざ、絵が付くってもンだ」

「ああ、それは聞いたことあるわ。舞いを舞わんでも美しゅうて震えがくるらしいなぁ」

そう聞いて、雀もちょっとわくわくしながら、控えの間へと入って行った。そこに、神舞いの華節がいた。

「よう来てくれたな。藤十郎の使いとは、なんと嬉しいこっちゃ」

雀は、ぽかんとしてしまった。

「おまはんが雀やな。おまはんが桜丸か。手紙に書いてあるえ。世話になってると。おおきにやでぇ」

心から嬉しそうにそう言う華節の、その顔は皺くちゃだった。背は低く、手も皺だらけ、髪も真っ白だが、老いたからではなく、どうやらはじめからこういう姿のようだった。

「藤十郎も元気にしてるみたいやな。大江戸の皆に愛されとると書いてあるわ」

「もう十年以上も、大江戸歌舞伎の筆頭座の一枚看板だぜ」

そう言う桜丸の声色《こわいろ》が違う。明らかに艶を帯びている。どこが目か口かわからぬような顔を、じぃっと見詰めている。

「ほぅか、ほぅか。嬉しいなぁ」

修繕屋の方をチラリと見ると、桜丸の後ろで頭を掻いていた。雀は、盛大に首を捻った。

「いやぁ、師匠。聞きしに勝るまぶしい面だなぁ。寿命が延びるぜ」

そう言った桜丸に、雀は「マジで⁉」と大声で突っ込みそうになった。

「これこれ、年寄りをからこうたらアカンえ。ほっほっほ」

おおらかに笑うその笑い顔も、笑っているのかどうか雀にはわからなかった。

華節から藤十郎へ、雀は扇子《せんす》を一本預《あず》かった。雀たちには菓子が振る舞われた。

「眼福《がんぷく》、眼福《がんぷく》」

と、満足そうな桜丸を見ながら、雀は修繕屋に尋ねた。

「……あれが……ホントに美しいのか？」

修繕屋は、う～んと唸った。

「目で見んと気配で感じれば、なんとな～くわかるような……」

雀は、きっぱりと頭を振った。

「一ミリもわからん！」

その夜は、大江戸の吉原《よしわら》と並び称される「夜町《よるまち》」、新町は瓢箪町《ひょうたんちょう》近くの高級茶屋に上がり、本場の「会席料理」を堪能した雀たちだった。

「会席は、大浪花で発展した料理やからね。泉州《せんしゅう》の鱧《はも》、明石《あかし》の鯛《たい》、紀伊《きい》の鱚《きす》、丹波《たんば》の松茸《まつたけ》、地鶏、京野菜。酒は灘《なだ》と伏見《ふしみ》！」

大浪花各地からズラリと取り揃えた食材を惜しげもなく使い、見た目にも鮮やかに、美々しく、まるで芸術作品のように作り上げられた品々。料理人の職人技がキラリと光る。

「こいつぁ、豪勢だ！　蒲焼きの後に鼈《すっぽん》だなァ」

「うわぁあ〜、野菜が……野菜が小っちゃい鞠《まり》の形に切られてる！　細かい切り込みが……すげぇなあ」

雀は、料理が冷めぬうちに大急ぎでスケッチした。

「今年の鱧は、この名残り鱧で食べ納めや。よう味わっとこ」

飯が好きな雀には、炊きたての白飯が出された。

「ありがとー、修繕屋さん！　気が利くねぇ」

大喜びの雀を横目に見て、桜丸が修繕屋に零《こぼ》す。

「大事《でぇじ》なもんを忘れてやしねぇか、修繕屋？　せっかく夜町《なか》の茶屋に上がってンのによぉ」

「忘れてるかいな。ソレはまた、あ・と・で」

大人二人は、ヒヒヒと笑い合った。

深夜。雀は遅くまで、行燈《あんどん》の下で手帳の整理をしていた。

その手がふと止まっては、頭に元の世界のことが浮かぶ。きっと修繕屋といるせいだろう。

だがその思い出は、以前のように暗く、重いものに感じなかった。この世界へ来て三年が過ぎようとしている。自分でも懸命に生きてきたと思う。毎日毎日、美味いものを食べ、友人や仲間と笑い合ってきた。まっとうに働いて金を稼いだ。慎ましく暮らした。

そうしてきたからこそ、最初は思い出すのも嫌だった昔の自分とその世界が、この頃ようやっとよく見えるようになってきたのだ。元の世界でやってきたことは変えられない。だが、それらはもう肌を刺すようでもなく、胸の奥をぎしぎしと軋《きし》ませることもなくなった。

「俺は……幸せになれたよ、みんな……。みんなは、どうだっただろう……？」

とても「友達」などと呼べない、負の感情だけで繋がったような仲間だった。それでも、美味いからと兄貴分に紹介して貰い、皆で食べに行ったたこ焼きの美味さが蘇った。素直に美味いと言い合った顔と顔が蘇った。あの時の皆の顔は、よく思い出せるのだ。ぼやけてもいない。塗りつぶされてもいない。

そんな気持ちに、やっとなれた。

この気持ちが届くかもしれない場所に、今、雀はいる。

風巻《しまき》立ち、船は走る

　大浪花全空域に飛行禁止令、大浪花全海域に航行禁止令が出たその日。空気はどことなく金気を帯び、微かに錆の臭いがした。空の高いところで、灰色の雲が渦巻いている。大浪花全体に、ぴりぴりとした気配が満ちていた。

　これが、雷馬の来る前兆と知っている大浪花っ子たちは、首を傾げた。

「雷馬が来るんか？」

「でも、大浪花城からなんも報せが出てへんで。飛行禁止と航行禁止令は出てるけど……」

あちこちで団子になってしゃべり合う大浪花っ子の元へ、新しい情報がやって来た。

「聞いたか！　湾岸にえらい数の魔人とかが大集結してるらしいで！」

「えっ、なんで魔人が？　沿岸警備とかとちゃうの？」

「海っぺりに住んでる奴らが、避難させられたって！」

「まさか……、雷馬がメッチャ近く通るとか？」

大浪花っ子たちは顔を見合わせた後、それっとばかりに海岸方面へと走った。

湾岸部には、早や立ち入り禁止区域が設けられ、警備隊が点々と立っている。大浪花っ子たちは、立ち入り禁止区域の外ぎりぎりの、屋根の上や高い場所へと、わらわらと登った。

そこからは、湾に沿ってぐるっと、地上にも屋根などの上にも、魔人や術師たちが立っているのが見えた。まるで戦の方陣を描き、何かを迎え撃つかのように。

「なんや？　何が始まるんや！」

虎面の警備が宙を飛んできた。

「下がれ！　邪魔んなる！」

「雷馬が来んのか？　なんで術師らがおんのや！」

「事情は後で報される！　今は邪魔すんな！」

警備は、大浪花っ子たちをその屋根の上から追い払った。

その建物の屋根裏に、雀たちは潜んでいた。壁に開いた小窓からは、外の様子がよく見てとれた。

「絶好の見物場所やろ？」

修繕屋が、ふふんと煙を吐く。

「バッチリだよ、修繕屋さん！　感謝カンゲキー！」

並んだ術師たちを見て、桜丸が言った。

「やっぱ、立ち位置とか、ちゃんと計算されてやがるな。おそらくぁ、それぞれの使い手の力の種類も全部考えて、この方陣を組んでんだろうなぁ」

「それを考えるのが、伏見の役どころってわけやね」

「なるほどー！」

雀は手帳に書き込んでゆく。

そうこうしているうちに、耳がツンとするような気配がした。

「来たぜ……！」

雀たちは、小窓に張り付いた。

鈍色の海。青灰色の雲が所々途切れて、薄日が射している大空。そこに、突如として巨大な稲妻が、ドーンと走った。

「うおっ！」

雀は、目を見張った。

湾の沖に、高々と上がる水しぶき。そこに見上げるような灰色の雲の塊が、空間を引き裂くようにして現れた。ゴーン、ドーンという雷鳴が絶え間なく聞こえる。それは、水しぶきを上げながら湾の奥へと直進してきた。

「で、でけえっ！　こいつはでけえっ!!」

小窓からだと、上の方が見えないぐらい、それは途方もなく巨大だった。立てる水しぶきが、高波となって押し寄せる。雷馬が陸へ直進してくるのを見て、さすがの大浪花っ子たちも仰天《ぎょうてん》したらしく、大勢の悲鳴が聞こえた。

バシ――――ン！　と、凄まじい衝撃が大気を震わせた。見渡す限りの空間に、青や金の放電が走る。

「結界！」

雷馬が、湾の入り口にまでさしかかっていた。雷雲に覆われたその身体《からだ》が、雲のまにまに見え隠れした。まるで彫刻のような、青白い女の姿。下半身を覆う無数の触手。髪は同じ触手のようだった。顔はその触手の下になって、よく見えなかった。だが、整った口許をしていた。おぞましいような、神々しいような姿。

そこに、何もない表情。陸へ進めばどうなるかなど考えない。そもそも、陸を陸と認識しているのかすらわからない。まさに――――「嵐」という現象。

大きな力と力のぶつかり合いに、空間が震えるのがわかった。術師たちは皆腰をぐっと落とし、自分にかかる負荷に耐えている。

「が、頑張れ！」

雀は思わず応援した。

すると、直進していた雷馬の身体《からだ》が、力に押されるようにぐぐと方向を変えた。そしてそのまま、進行方向を北へ向け、進み始めたのだ。

「おお――――っ!!」

大浪花っ子たちからも歓声が上がる。

雷馬は湾の外を北上していき、やがて突然、かき消すように消えた。何もない空間に、雷鳴の音だけが長く響いていた。

「おおお———っ!!」

ひときわ物凄い歓声が、大浪花っ子たちから上がった。術師の中には、片腕を突き上げる者もいた。押し寄せた高波も、結界によってすべて防がれた。

「ヤッタ———!!」

雀と修繕屋は、手を取り合って喜んだ。桜丸は、腕を組んで唸った。

「いや〜、スゲーもん見たなぁ。こんだけの術師どもが勢揃いして術を奮うなんざ、滅多とねぇこったぜ」

『大浪花湾を取り囲んで、魔人と術師たちが方陣を描きゃあいよっ、待ってましたと声を掛けたいぐれぇ格好イイ。
雷雲を纏った雷馬は、てんこちもなくでかくて、てんこちもなく力があってでも、それは化け物じゃなくて、神様なんだ。
大嵐が、形をとって現れたものなんだ。

その姿は、なんだか拝みたくなるものだったよ。

だから、大浪花も雷馬を攻撃しないのサ。さぞかし迷惑だろうけど。

粋な計らいじゃないか。俠《きゃん》仕立てだネ』

手帳に書き込みながら、雀は鼻息を荒くした。

「大浪花見聞録は、雷馬のことをメインにするんだ。今のこの様子を、キュー太にでっかく描いてもらう！」

「俺にも見せてな」

「もちろん、修繕屋さんにも送るぜ！　土御門さんにも送るって約束したしな！」

雀は興奮しきりだった。

すっかり静まった海に、太陽の光が射し込む。その中を悠々と引き上げていく術師たちに、大浪花っ子からの鳴り止まぬ拍手と歓声が浴びせられていた。

＊

翌日。大江戸に向かう早船の乗り場で、雀は修繕屋と別れた。

天保山《てんぽうざん》の港は、昨日一日足止めをされていた、出る船、入る船で賑やかだった。

「修繕屋さん、二日間案内ありがとう！　すっげえ楽しかったよ！」

「いやあ、こちらこそ。人の金でいろいろ美味しい目ぇもさしてもろたし」

修繕屋と桜丸が、ヒヒヒと笑い合った。

「帰りの船旅も、しっかり楽しみや」

「うん。俺もう、この船に乗れるってだけで、嬉しくってしょうがねぇよ」

雀は、これから乗る早船を曳《ひ》く魚妖を指差した。

「でっけえタツノオトシゴだぜ！　すげーよ！」

桜丸が吹き出した。修繕屋も苦笑い。

「タツノオトシゴやない。海馬《かいば》や。海の馬」

「えっ、そ、そうなんだ⁉」

出航を報せる鐘の音が鳴った。

「あ、行かなきゃ……」

「雀」

修繕屋が、雀と向き合った。

「……ホンマにええんやな？」

修繕屋がおだやかにそう問う意味を、雀は理解した。かつて鬼火の旦那にも、大首の親方にもそう問われた。

今、あの時とは違う立場で、雀は答える。

「いいんだ。俺は帰るよ、自分の家へ」

大江戸へ。

大首の親方と、ポーとキュー太と、うさ屋と長屋のおかみたちと、蘭秋たち、そして鬼火の旦那の待つ、自分の家へ。

修繕屋は頷いた。

「今度は大江戸へ遊びに行くわ」

「ホント!?　でも、大丈夫？」

「大江戸の町ン中、あんまりウロウロせんかったらええねん。旦那に間違われんように気ぃつけたら大丈夫や」

「ホントにホントだな！　待ってるぜ!!」

雀は修繕屋の両手を握りしめた。

「じゃ……」

「世話ンなったな」

雀と桜丸は、早船へ乗り込む。

「気ぃつけてなー」

雀が修繕屋の方を振り向いた。

「修繕屋さん。大江戸へ来る時ぁ、レトルトのカレーを持ってきてくれよ！」

そう言って大きく両手を振る雀に、修繕屋は大笑いした。


嵐の去った空は快晴。青空に、いわし雲が列をなしている。

秋の空気を切り裂いて、まずは桑名の宿を目指して早船は進む。

「桑名と言えば、焼き蛤」

「白魚《しらうお》も美味いそうだぜ」

窓際で風に吹かれながら、旅行案内を眺める雀と桜丸だった。

「みんなに大浪花土産もたっぷり買ったし。船旅を満喫するぞー！」

窓から身を乗り出すと、爽やかな風が全身を駆け抜け、心までも洗われる気持ちがした。

「気持ちイ————ッ‼」

叫んだ声が、風に乗って大空高く舞い上がっていった。

「俺はまだまだ頑張るぞ。見ててくれ……」

水平線よりも、空の彼方よりも遠くへと、呼びかける雀だった。

大江戸"解説"かわら版

皆様 初めまして
ペコリ。
『大《おお》江《え》戸《ど》妖怪かわら版』の漫画版を担当しております高橋《たかはし》 愛《あい》と申します
新人にもかかわらず香月《こうづき》先生の作品に関わらせていただいて光栄に思っておりますが
正直最初はビビってました
『大江戸』のお話をいただいたのは今から二年前
うわー面白いし読みやすい
絵にしたら楽しいだろうなー
描いてみたいなー
→コンペだったのでまだ描かせていただけるかわからなかった頃
大江戸 ① 文庫

高橋さん描《か》いてみようか
シリウス担当
いやいや私が描かせていただけるわけな…
え!?
連載決定の瞬間
はいこれ江戸の資料
ドサドサ
わーありがとうございます
資料いただいたり
取材
取材て
パシャ
パシャ
おお～
取材行ったりしました
というわけで楽しく漫画を描かせていただいております
妖怪多すぎギャー
江戸の建物ギャー
『大江戸』は世界観大事ですからね!

漫画にするとき小説から流れとかセリフを変えたりします
漫画として読みやすくするために泣く泣くセリフを削ったりとか…
ココのセリフいいけど流れ的にう〜ん
なので私が描いた「大江戸」は
私の中の「大江戸」なのです
皆さんが思い描いている「大江戸」とちょっと違うかもしれません
けど小説ってそこがいいところですよね!
ウンウン
みんな違ってみんないい!
妖怪も人それぞれです!
私の怖い妖怪の限界

ところで皆さんは『大江戸』のどこが好きですか？
世界観？
妖怪？
キャラクター？
私はですねー
たたたた
ピコーン
雀発見！
どどどどど
うおおお
ぎょっ
⁉
主人公が大好きです！
うわっ 何このキモい妖怪
キモいゆうな！
大福帳

ホラホラ
主人公なんだから
はーい
ポーズとってー
パシャ
パシャ
?
?
いいね
いいねー
よーし!
他のキャラも
探しに行こうぜ!
ぴゅーっ
わーっ
神田の庵
スパーン
いない!
街中
そういえば
桜丸《さくらまる》って普段
どこにいるの?
えー
知らねぇなぁ
ゼェ
ゼェ

ゴツッ
今は近寄らない方がいいな
おこ
甘味処
ふう…
休憩
あっ
え？
もうこんな時間じゃん！
だっ
かわら版売り切らなきゃ親方に叱られちまう！
がんばってねー

ズズズ…
はっ
文庫版はまだ続きがあります！
宣伝 宣伝！
大江戸妖怪かわら版 6
大江戸妖怪かわら版 7
雀と遊んでた感じで終わるとこだった！
最後までお見逃しなく！
あ 漫画版も発売中です！
こっちも宣伝…
大江戸妖怪かわら版
よろしければ読んでネ！
そんなこんなで私も漫画版で日々雀《すずめ》たちと成長していけたらと思ってます
ぴゃっ
売ってるとこ見に行く
えっ まだついてくんの!?
ありがとうございました！

本書は二〇〇九年十月に理論社より『大江戸妖怪かわら版
雀、大浪花に行く』として刊行されました。

|著者| 香月日輪　和歌山県生まれ。『ワルガキ、幽霊にびびる！』（日本児童文学者協会新人賞受賞）で作家デビュー。『妖怪アパートの幽雅な日常①』で産経児童出版文化賞フジテレビ賞を受賞。他の作品に「地獄堂霊界通信」シリーズ、「ファンム・アレース」シリーズ、「大江戸妖怪かわら版」シリーズ、「下町不思議町物語」シリーズ、「僕とおじいちゃんと魔法の塔」シリーズなどがある。2014年12月永眠。
◆香月日輪オンライン
http://kouzuki.kodansha.co.jp/

大《おお》江《え》戸《ど》妖怪《ようかい》かわら版《ばん》⑤　雀《すずめ》、大浪花《おおなにわ》に行《い》く
香月日輪《こうづきひのわ》

講談社文庫
定価はカバーに
表示してあります

2015年8月12日第1刷発行

発行者──鈴木　哲
発行所──株式会社　講談社
東京都文京区音羽2-12-21　〒112-8001
電話　出版（03）5395-3510
　　　販売（03）5395-5817
　　　業務（03）5395-3615
Printed in Japan

デザイン──菊地信義
本文データ制作──講談社デジタル製作部
印刷───中央精版印刷株式会社
製本───中央精版印刷株式会社

ISBN978-4-06-293163-2

講談社文庫刊行の辞

二十一世紀の到来を目睫に望みながら、われわれはいま、人類史上かつて例を見ない巨大な転換期をむかえようとしている。

世界も、日本も、激動の予兆に対する期待とおののきを内に蔵して、未知の時代に歩み入ろうとしている。このときにあたり、創業の人野間清治の「ナショナル・エデュケイター」への志を現代に甦らせようと意図して、われわれはここに古今の文芸作品はいうまでもなく、ひろく人文・社会・自然の諸科学から東西の名著を網羅する、新しい綜合文庫の発刊を決意した。

激動の転換期はまた断絶の時代である。われわれは戦後二十五年間の出版文化のありかたへの深い反省をこめて、この断絶の時代にあえて人間的な持続を求めようとする。いたずらに浮薄な商業主義のあだ花を追い求めることなく、長期にわたって良書に生命をあたえようとつとめるところにしか、今後の出版文化の真の繁栄はあり得ないと信じるからである。

同時にわれわれはこの綜合文庫の刊行を通じて、人文・社会・自然の諸科学が、結局人間の学にほかならないことを立証しようと願っている。かつて知識とは、「汝自身を知る」ことにつきていた。現代社会の瑣末な情報の氾濫のなかから、力強い知識の源泉を掘り起し、技術文明のただなかに、生きた人間の姿を復活させること。それこそわれわれの切なる希求である。

われわれは権威に盲従せず、俗流に媚びることなく、渾然一体となって日本の「草の根」をかたちづくる若く新しい世代の人々に、心をこめてこの新しい綜合文庫をおくり届けたい。それは知識の泉であるとともに感受性のふるさとであり、もっとも有機的に組織され、社会に開かれた万人のための大学をめざしている。大方の支援と協力を衷心より切望してやまない。

一九七一年七月

野間省一